MARCO DI GIAIMO
GIUSEPPE BONO

LA PIANA DEL DRAGO

ROMANZO

Universi paralleli

Marco Di Giaimo
Giuseppe Bono
La piana del Drago
ISBN 978-88-98993-12-3
Angolazioni Editore
Via Cicognini, 22 – 25034 Orzinuovi (BS)
Sede operativa:
Via Cicognini, 24 – 25034 Orzinuovi (BS)
www.angolazioni.it – libri@angolazioni.it
©2016 Angolazioni.

Disegno di copertina: © Dario Rivarossa
Elaborazione grafica: ©Angolazioni

PROLOGO

Ritorna, in questo romanzo, la coppia Marco Di Giaimo e Giuseppe Bono che, dopo avere riscosso un buon successo con i precedenti "Aristocratici & Villani" e "Operazione Dead Horse", si cimenta ora in un racconto fantasy ambientato in quella regione ricca di storia che è la Grecia. Amalgamando benissimo archeologia, paleontologia, paleozoologia, leggende e vicende umane odierne e sconfinando nella sua vera dimensione che è la Fantascienza, il romanzo scorre veloce e piacevole fino alla sua imprevedibile conclusione.

Viene posto in rilievo come la cupidigia umana, molte volte, sia in contrasto con la ricerca e con il desiderio di conoscenza di molte persone. Le novità, sia intellettuali che materiali, al contrario, portano sempre ad un progresso della civiltà e al benessere dei popoli. Non ci rimane che lasciare ai lettori il piacere di immergersi nell'enigma rappresentato dalla Piana del Drago.

Ferdinando Temporin

CAPITOLO 1

Il pugno si abbatté possente sulla scrivania, rovesciando portapenne e fotografie di famiglia.

"Dannazione! Vuoi vedere che mi va tutto in fumo per colpa di qualche osso rotto! La farò pagare a quei maledetti!" urlò Mikis Zagaris, grasso sindaco di Kopanaki, paesino dell'entroterra greco. Ogni volta che esplodeva nei suoi caratteristici accesi d'ira la mandibola gli sporgeva al punto da farlo assomigliare a un piranha.

Davanti a lui, due servili assistenti guardavano impietriti lo sfogo bestiale; ascoltavano entrambi a testa china, come fossero i responsabili di tutto. Travolti dalle invettive, si scambiarono timide e furtive occhiate di solidarietà, tenendo a freno un groppo alla gola dovuto al panico.

Il primo cittadino aveva da poco terminato di leggere una lettera inviatagli dalla banca che sosteneva il consorzio di imprese al quale erano stati appaltati i lavori per la nuova discarica pubblica. La lettera ricordava che l'ultimazione del primo lotto di lavori andava effettuata entro trenta giorni e constatava che gli stessi non erano ancora iniziati; l'istituto, in caso di ulteriori ritardi, avrebbe reagito ritirando il finanziamento.

Il sindaco si staccò dalla sedia dove era incastrato e si erse, mostrando tutta la sua mole: un metro e novanta di altezza, un quintale e mezzo di peso e tanta cattiveria in corpo. Un tenace bottone in madreperla tratteneva a malapena i lembi della giacca griffata dallo straripamento dell'adipe.

I due leccapiedi, che seguivano ogni suo gesto muovendo la testa all'unisono, scattarono come molle quando il capo ordinò ad alta voce:

"Andiamo! Venite con me." L'eco delle sue parole, rimbalzò scemando fino al fondo delle scale del palazzo municipale.

Dopo essersi soffermato in due uffici a strigliare alcune timide impiegate, Zagaris uscì sul piazzale al centro di Kopanaki, montò su un grosso fuoristrada nero parcheggiato di traverso sulle strisce, e invitò i suoi sottoposti a salire. I due, ringraziando senza motivo, fecero appena in tempo a chiudere gli sportelli prima che il sindaco partisse rombando verso la fonte dei suoi guai.

Dapprima percorse la strada principale che tagliava in due il piccolo borgo e superò una serie di classiche case in pietra squadrate, dipinte come acquerelli naif la cui cornice era rappresentata da un curato e minimale giardino, pieno di colore. La grossa vettura si diresse verso sud, attraversò la statale E55 e si immise su una stradina secondaria, che si inoltrava in un territorio piuttosto verdeggiante, caratterizzato da profondi appezzamenti coltivati a uliveto. Dopo un chilometro, la strada si trasformò in uno stretto intestino ciottoloso, pieno di buche e dossi che misero a dura prova le sospensioni dell'auto. In lontananza si intravedevano dolci collinette con pendii boscati.

La cosiddetta "Piana del Drago" era una zona pianeggiante, incolta, situata a un paio di chilometri a sud del centro abitato, dove sarebbe sorta la futura discarica di rifiuti speciali, la più grande della zona. Zagaris, eletto grazie all'appoggio di potenti *lobby* industriali che ne avevano finanziato la campagna elettorale, aveva promesso loro di accogliere la discarica nel territorio comunale in caso di elezione.

Il sindaco, assiduo frequentatore di congressi di partito e festini di beneficenza, non perdeva mai occasione di proclamarsi, assolutamente, senza alcuna traccia di modestia, un grande uomo politico.

Era convinto che il mondo fosse una giungla in cui o mangi o vieni mangiato, e da questo punto di vista si riteneva un predatore, uno squalo dal grande appetito.

Educato fin da piccolo dal padre severo e manesco a lavori pesanti in campagna, una volta messo da parte un piccolo gruzzolo e grazie alla cospicua eredità del genitore defunto, aveva imparato che è meglio *far lavorare* che lavorare, e che un buon comandante deve usare la frusta per far rendere al meglio i suoi soldati.

Questo suo credo, unito al suo arrivismo e condito dalla cattiveria, lo aveva fatto diventare l'uomo che era. E di questo andava orgoglioso. *O vinci o muori!* era diventato il suo mantra che ripeteva ogni mattino allo specchio.

La nuova discarica avrebbe permesso lo stoccaggio di rifiuti provenienti dalle città di Tripoli e Patrasso, nonché dai paesi circostanti, garantendo cospicue entrate di denaro nelle casse del Comune e altrettanto cospicue entrate sul conto cifrato del sindaco aperto presso una banca di Cipro.

Sarebbe andato tutto bene se, poco dopo l'inizio degli scavi, uno stupido operaio non avesse riportato alla luce dei frammenti di ossa preistoriche.

Da allora, la Soprintendenza per i beni archeologici dichiarò il sito di "interesse archeologico nazionale" (nonostante i tentativi di corruzione da parte di Zagaris per insabbiare la pratica) e cominciò il lungo percorso per il completamento degli scavi, la classificazione ed il trasporto dei reperti.

CAPITOLO 2

Nel sito, in quel momento, stava lavorando un'équipe di giovani studiosi dell'Università di Atene, guidata da un famoso archeologo e antropologo, il Dott. Dragan Rissas, un minuto sessantenne dal fisico energico e con un carattere esuberante e testardo che lo aveva spinto a scoprire numerosi reperti fossili nei posti più impensati.

La zona di scavo rappresentava un'anomalia nel paesaggio circostante: circa sette ettari di terreno pianeggiante brullo e incolto in mezzo alle verdi colline dell'entroterra, caratterizzate da grandi distese di uliveti e cespugli di oleandro bianchi e rossi che risaltavano tra le fasce di macchia mediterranea sui pendii. Osservare ogni sera il tramonto da lì era come vedere l'opera di Madre Natura prendersi una rivincita coi suoi giochi di colori sull'aridità della Piana.

Rissas, prima di iniziare gli scavi, aveva chiesto ad alcuni agricoltori il motivo per cui quell'area non era coltivata.

La risposta da più parti era stata che, a memoria d'uomo, quella fetta di territorio era da sempre apparsa sterile. Ogni iniziativa per coltivarla era fallita e ricerche effettuate da agronomi o da altri esperti non erano venute a capo delle ragioni di tale improduttività.

Per questo motivo l'amministrazione comunale aveva individuato in quel sito la posizione per realizzare la nuova discarica.

Rissas ricordava anche la frase pronunciata a mezza voce due mesi prima da un anziano contadino che aveva sentenziato: "È la maledizione del drago di San Giorgio…"

"Come ha detto?" Rissas era tornato sui suoi passi, incuriosito dall'affermazione del vecchio.

Da bravo antropologo, a Rissas interessava oltremodo cogliere ogni minima diceria o leggenda locale che potesse meglio far conoscere storia e tradizioni delle popolazioni di quella zona.

L'anziano coltivatore, con un viso segnato da decenni di sole e di vento, fu costretto da Rissas a parlare: sembrava quasi che pronunciare più di un certo numero di parole gli costasse un enorme sforzo.

"Da bambino mio padre mi raccontava spesso di una leggenda che riguarda la Piana del Drago. La conosce, vero, la storia di S. Giorgio e del drago?"

"Sì, la conosco" rispose Rissas "però la storia si svolgeva in una città della Libia. Selem, se non ricordo male..."

Il contadino sospirò seccato, come se si trovasse per l'ennesima volta a riaprire controvoglia un vecchio dibattito: "Ogni nazione cerca di attribuirsi la paternità di vicende ed eroi per dare prestigio alla propria storia. La nostra Grecia è la vera patria dei miti, anche se qualcosa a volte sfugge dalla memoria della gente. Mio padre, invece, ne aveva di memoria, e mi raccontava la stessa favola che aveva sentito narrare da suo padre, il quale l'aveva imparata a sua volta da un altro antenato. Non so a quali tempi risalisse, forse nacque una sera attorno a un fuoco in un accampamento militare ai confini dell'impero romano, chissà. La vicenda era assai simile a quella che conoscono tutti, ma se chiede in giro a qualche anziano, ne troverà più di uno convinto che la città minacciata dal drago era in realtà Kopanaki."

"Dunque mi sta dicendo che la vera città in cui era transitato San Giorgio è qui a pochi chilometri?"

"Questo si narra ancora oggi. La leggenda

spiega anche il motivo della desolazione di questo paesaggio. Fu il drago, arrivando da lontano, a esalare il suo alito fetido tutt'attorno, rendendo sterile la piana per tenere lontani i curiosi."

Rissas aveva ascoltato il vecchio a occhi spalancati.

Quando si riebbe dalla sorpresa, ringraziò il contadino per la sua preziosa testimonianza.

Raggiunta l'auto impolverata rimase per un attimo pensieroso prima di aprire lo sportello, poi scosse il capo e salì sul mezzo.

Ora il piccolo professore, chino in avanti sotto il sole cocente del mattino, stava mostrando a un impacciato studente come usare il bulino, lo scalpellino ed il pennello per riportare alla luce un delicato frammento senza rovinarlo. La pazienza era una delle virtù di Rissas. L'aveva sperimentata nei sette anni in cui aveva tenuto una cattedra alla facoltà di paleontologia dell'Università di Atene con gli esuberanti studenti appartenenti ai più disparati centri sociali della città. E con *quei* giovani ce n'era voluta in abbondanza.

Si trovavano in una fossa profonda due metri. Tutto attorno, fili di spago bianco tenuti in tensione da corti picchetti d'acciaio piantati nel terreno formavano una grande griglia rettangolare lunga settanta metri e larga cinquanta. Gruppi di tre o quattro persone lavoravano su altri reperti, eseguivano fotografie o effettuavano rilievi con teodoliti laser.

Un drone dotato di telecamera in quel momento stava sorvolando la fossa per documentare i lavori dall'alto.

In tutto, l'équipe era composta da dodici elementi, compreso il professore. Lavoravano fino al calar del sole, dopodiché il sito, circondato da una semplice rete metallica, veniva chiuso e tutti si recavano nel centro abitato, dove erano ospitati in uno dei due alberghi del paese.

Il progetto riceveva fondi stanziati dal Ministero della cultura dopo che Rissas aveva convinto la Soprintendenza Archeologica che la scoperta dei reperti avrebbe portato un notevole flusso turistico nella località dando positivi riscontri economici.

Il rumore assordante e la nuvola di polvere alzatasi dal fuoristrada che si stava avvicinando attirarono l'attenzione del piccolo professore che, con gli occhialini imbiancati dal pulviscolo, uscì dalla trincea dirigendosi verso l'automobile nera che aveva riconosciuto essere quella del sindaco, prevedendo guai della peggior specie.

La brusca frenata fece fermare il veicolo dopo un teatrale testa-coda, che indusse Rissas a pensare a un tentativo del sindaco di impressionarlo.

Dopo il rombo, il silenzio. La quiete prima del temporale.

Zagaris scese di corsa dall'auto chiudendo la portiera con un gomito e, aggiustandosi giacca e cravatta mentre si avvicinava all'archeologo, mascherò la rabbia dietro un sorriso mellifluo.

Appresso seguivano come cagnolini i due assistenti, uno dei quali mostrava orgoglio per il suo ruolo di portaborse.

"Buona giornata, professor Rissas" proferì il sindaco, tendendo la mano a mo' di artiglio "come proseguono i lavori? Sono qui per vedere se c'è stato qualche progresso significativo."

"Le attività di scavo e catalogazione procedono bene, caro sindaco. Dall'impeto con cui è arrivato, presumo ci sia qualche cosa che l'angustia, o sbaglio?" Il piccolo archeologo non sopportava il modo insolente di fare domande di Zagaris. Quel suo atteggiamento tronfio, troppo sicuro di ottenere le risposte volute, era un valore aggiunto alla sua ignoranza. Però anche lui, quando voleva, sapeva dare risposte taglienti. Godette nel vedere il sindaco sobbalzare, non avvezzo a sentire risposte prive di servilismo.

Zagaris si sforzò di mantenere il contegno: "Non le nascondo di essere preoccupato. Ho ricevuto pressioni dall'alto per far aprire al più presto la discarica. Per quanto pensa di averne ancora?"

"Non saprei, guardi che questo è un lavoro lento e molto meticoloso… e soprattutto non ci sono scadenze. La Soprintendenza ha affermato chiaramente che gli scavi hanno priorità rispetto all'apertura del sito di raccolta rifiuti."

"Ma… mi era sembrato di capire che la zona dei ritrovamenti è piuttosto limitata e i lavori avrebbero dovuto concludersi nel giro di poche settimane…"

"Non credo proprio, anche perché abbiamo riscontrato alcune anomalie che vogliamo approfondire, per poter datare con più accuratezza i reperti. Inoltre, dobbiamo finire di riportare alla luce lo scheletro e verificare l'eventuale presenza di altri fossili nella zona. Credo proprio che potremmo arrivare a chiedere una proroga del progetto alla Soprintendenza."

Zagaris d'un tratto perse l'aspetto cortese di facciata e divenne violaceo: "Balle, non può farlo! Se entro due settimane non finite di tirare fuori i vostri scheletri, di qualsiasi specie, tirannosauro o simili, proporrò una richiesta formale presso il Ministero per far chiudere tutto! Tanto alla fine vedrete che sono ossi di nessuna importanza."

"Questo lo giudicherò io, se non le dispiace. Adesso mi scusi ma, visto che il tempo è prezioso, tornerei al mio lavoro."

"Allora la saluto, e le auguro buona ricerca!" Zagaris se ne ritornò sull'auto, sbraitando contro i due incolpevoli leccapiedi. Com'era venuto se ne andò, cioè sgommando in una nuvola di polvere.

Dragan Rissas, irritato dal comportamento animalesco di quell'uomo che gli era stato descritto come un ignorante ambizioso, si recò nella baracca posta sul ciglio dello scavo, adibita a magazzino di reperti e laboratorio. All'interno, nonostante fosse in funzione un piccolo condizionatore portatile alimentato da pannelli fotovoltaici sul tetto, c'era un caldo soffocante. Rissas, che sentiva scorrere rivoletti di sudore lungo la schiena, gettò il cappello su una sedia, aprì un frigorifero da campo e versò del succo di frutta in un bicchiere di plastica per calmarsi.

In più di un'occasione gli era capitato di scontrarsi con burocrati e interessi economici, ma stavolta aveva capito di trovarsi di fronte una persona la cui ferocia era seconda solo alla sua avidità.

A sessant'anni, stanco nel fisico, ma ancora giovane nella voglia di comprendere gli enigmi di un lontano passato, non arrivava ancora a capire perché certa gente era così refrattaria alla conoscenza, priva di curiosità su come l'umanità fosse giunta ad essere quella che era oggi dopo un cammino di secoli. Grande studioso della teoria dell'evoluzione, non accettava che certe persone rifiutassero il percorso esistenziale che le avrebbe allontanate definitivamente dallo stato animalesco.

Si passò le dita tra i radi capelli grigio acciaio. Era assalito dalla nostalgia per Christiana, sua moglie. Quando ancora lavoravano assieme e gli succedeva, come in quel momento, di perdersi in pessimistiche riflessioni sulla vita, arrivava lei, con quel suo sorriso vivace, gli occhi neri profondi a scuoterlo e a riportarlo nel mondo concreto.

Sorrise tra sé e riprese coraggio, come se effettivamente la visione dell'amata moglie avesse avuto effetto, poi si immerse nel lavoro di analisi dei reperti fino ad allora catalogati.

C'era un'anomalia che lo tormentava tanto da togliergli il sonno, estratta dal settore di scavo C-5; stava a poca distanza da lui, su un tavolo da lavoro, coperta da un telo bianco.

Si avvicinò e tolse il panno. Al di sotto si trovava una scatola cranica piuttosto ben conservata, dotata di un becco lungo un metro e mezzo armato di piccoli denti appuntiti.

Questo, insieme ad altri frammenti che componevano un lungo osso, faceva pensare ai resti di un animale preistorico vissuto nel Cretaceo, più di duecentocinquanta milioni di anni fa: il *Quetzalcoatlus*.

L'enorme animale, scoperto per la prima volta in Texas, aveva popolato l'America del nord e l'Asia, pertanto appariva molto strano un ritrovamento nell'attuale Grecia.

Le ipotesi più recenti sostenevano si cibasse di carcasse di animali, come un avvoltoio.

Dalle analisi dimensionali e strutturali che Rissas aveva effettuato sulle ossa grazie ad un apposito programma computerizzato, risultava che lo pterosauro raggiungeva quasi quindici metri di apertura alare, come un moderno cacciabombardiere e il suo peso poteva raggiungere i cento chilogrammi.

Non era la prima volta che l'archeologo aveva a che fare con un animale straordinario come il *Quetzalcoatlus*; vi erano delle celebri ricostruzioni di scheletri di *Tirannosaurus Rex* effettuate dalla sua équipe che ora si trovavano al Museo della Geologia in South Dakota o a Ulan Bator, in Mongolia.

Ma il mistero più fitto riguardava il fatto che le ossa *non apparivano fossilizzate*. Anche lo strato geologico che caratterizzava i reperti era troppo recente per ospitare ossa di un animale così antico.

L'immaginazione di Rissas era stata stuzzicata da questo ritrovamento, spingendolo a fantasie quanto meno colorite, derivanti dalle dicerie e dalle tradizioni della zona.

La Piana del Drago era chiamata così sin dall'antichità.

Rissas, oltre ad indagini antropologiche, per due mesi aveva effettuato ricerche negli archivi di Stato e nelle biblioteche per studiare l'origine della toponomastica del luogo, ed era risalito indietro di secoli.

Leggende riguardanti conflitti tra legioni romane e Parti per salvaguardare i confini dell'Impero si mescolavano a storie di battaglie combattute da eroi locali. Fu però nella

Biblioteca Nazionale di Atene che trovò un antico libro dell'undicesimo secolo proveniente da un monastero ortodosso. In una pagina veniva descritto un bassorilievo romano raffigurante San Giorgio. Nel libro era stata copiata dettagliatamente l'iscrizione che celebrava le gesta del cavaliere, venerato dai cristiani e onorato anche dai musulmani come profeta, nell'atto di uccidere un drago. Sudato e in preda a una forte eccitazione, l'archeologo impiegò più tempo del previsto a decifrare quella calligrafia elegante e minuta. La storia descritta era ambientata in un remoto villaggio situato in una valle.

Rissas fu colpito dal nome del fiume che scorreva accanto al villaggio, un nome cambiato pochissimo in diciotto secoli. Riconobbe infatti il torrente Peristeri, lo stesso fiume che bagnava Kopanaki.

CAPITOLO 3

Il caldo si stava facendo sempre più opprimente, mentre si avvicinava l'ora di pranzo.

Rissas era alle prese con il calco in gesso di un osso dell'ala e con le mosche che lo importunavano senza sosta, quando si spalancò la porticina della baracca ed entrò uno degli assistenti, Georgis Papas, con un'aria molto eccitata.

"Professore, venga immediatamente a vedere! C'è qualcosa di veramente strano nel settore E-5!"

"Cosa ci può essere di *ancora* più strano, oltre ciò su cui stiamo già lavorando?"

"Bè, professore... forse è meglio che veda con i suoi occhi."

Papas era uno studente del terzo anno, iscrittosi ai corsi con la speranza di diventare in futuro uno scienziato famoso. Attratto dal lavoro sul campo, doveva ancora capire che oltre allo scalpello e al piccone occorrevano studio e autodisciplina.

Rissas, curioso, lo osservò un attimo. Il giovane era molto impaziente, sembrava che nei suoi occhi ardesse un fuoco, o una febbre… chissà, magari vedeva già spalancate le porte della fama.

Con fare volutamente calmo per bilanciare l'eccessivo entusiasmo del giovane, Rissas si alzò, prese il cappello e lo seguì fuori dalla baracca, nella luce accecante di mezzogiorno.

Scesero dalla scaletta e raggiunsero il settore E-5, in mezzo ai picchetti che delimitavano le varie zone di scavo di forma rettangolare e identificate con coordinate cartesiane.

L'area si trovava pressappoco al centro della griglia di ricerca, all'interno della quale era presumibile fossero racchiusi i resti del rettile.

Altri assistenti che si erano riuniti lì attorno, lasciarono passare il professore e Papas.

I due entrarono nella buca profonda circa un metro, all'interno della quale stava lavorando una ragazza italiana di ventinove anni, Lucia Fermi, china su quella che sembrava una porzione di cassa toracica.

Ella si girò quando sentì arrivare i due, e spalancò i suoi begli occhi celesti nel notare che Rissas era accorso prontamente. Subito si rialzò e gli si fece incontro: "Professore! Ho trovato qualcosa di incredibile, ma non voglio anticiparle niente. Preferisco che osservi da solo..."

"...Per vedere se raggiungerò le sue stesse conclusioni. Ho capito, perbacco, quanta eccitazione" ribatté Rissas.

Intanto la ragazza, coi guanti in lattice, si diede una spolverata al giubbotto da lavoro color kaki pieno di tasche. La polvere sulle guance, impastata col sudore, non impediva al suo volto di essere attraente, facendo risaltare per contrasto i suoi splendidi occhi luminosi.

"È così, professore, me lo consenta. Ma prego, mi segua."

Tra gli studenti girava voce che la giovane ricercatrice fosse invaghita dell'archeologo, nonostante la differenza di età. Le altre ragazze dell'équipe erano invece convinte che non si trattasse di sentimento, ma di ambizione.

Rissas era al corrente dei pettegolezzi, ma accettava tutto con la pazienza di un padre nei confronti di figli troppo vivaci.

La ragazza lo fece chinare e gli indicò il punto dove osservare, un osso del costato.

"Guardi, sulla linea della costola, c'è un oggetto metallico incastrato. Per me è una stranezza che merita la massima considerazione."

Il professore rimase per parecchi minuti ad osservare in silenzio, tastando con la mano l'oggetto. Accanto, la costola era incisa profondamente. Constatò che sembrava proprio metallo, molto ossidato ed eroso.

Disse incredulo: "Come può esserci del metallo in una costola di pterodattilo?" E guardò la studentessa, che mostrò i palmi delle mani, come ad arrendersi.

"Ci sarà di sicuro una spiegazione: ripulite queste ossa ed arriveremo alla soluzione. Papas, vai ad Atene in facoltà e prepara una richiesta al preside per farci prestare uno spettrometro ad emissione di plasma. Avanti, al lavoro!"

Il giovane scattò come una molla e corse verso il *pick up* in dotazione all'équipe.

Pensieroso, Rissas fece un'infinità di supposizioni sulla presenza di metallo nell'osso, scartandole quasi tutte.

Ricordò una notizia letta un anno prima su un settimanale.

Un archeologo americano di nome Allen West scoprì su zanne di mammuth e scheletri di bisonti siberiani, risalenti a trentamila anni prima, dei fori con bruciature intorno ai bordi, recanti, all'interno, frammenti metallici.

Apparentemente tutti gli elementi portavano a pensare all'impatto di proiettili scagliati ad alta velocità, come da un'anacronistica mitragliatrice.

Ampliando il raggio delle ricerche su altre migliaia di reperti simili, si constatò che tutti i cosiddetti "proiettili" erano presenti solo sulla superficie delle ossa rivolta verso l'alto.

Ciò portò West a formulare l'ipotesi che i frammenti metallici non fossero altro che una micidiale sventagliata di micrometeoriti provenienti dal cielo.

Rissas non poteva considerare questa teoria, per quanto affascinante. Il metallo era un singolo pezzo, non presentava bruciature all'intorno e la posizione in cui si trovava escludeva una traiettoria proveniente dal cielo.

Alla fine concluse che poteva essere uno scherzo geologico causato da qualche immane terremoto primordiale che doveva aver sconvolto la geomorfologia locale.

Non volendo però accontentarsi neppure di questa ipotesi, decise di interpellare il geologo dell'équipe, il Dott. Nikos Mallis.

CAPITOLO 4

Mallis, che a poca distanza stava esaminando con una piccozza una roccia sedimentaria, lo vide arrivare e si alzò in tutto il suo metro e novantacinque. Calvo e con una faccia da ragazzino nonostante i cinquant'anni, si tolse la bandana dalla pelata per asciugarsi il sudore dalla fronte.

"Nikos, vorrei approfondire con te il discorso sul ritrovamento del teschio di rettile in C-5 e delle costole trovate poco fa dalla Fermi in E-5."

"Possiamo parlarne davanti ad un bicchiere di acqua fresca? Ho il cervello surriscaldato." Mallis, anche nelle situazioni peggiori, era la tipica persona sempre di buon umore. Aveva un'aura positiva che contagiava tutta l'équipe. Rissas lo considerava un elemento importante per il gruppo, sia per questo motivo, sia per la sua mentalità aperta ed eclettica.

"Andiamo nella baracca; per oggi offro io. E poi, non sei l'unico ad avere il cervello surriscaldato."

Seduti attorno al tavolo impolverato, i due ricercatori si godettero il breve refrigerio di una sorsata di acqua ghiacciata.

Il geologo, osservando il bicchiere ricoperto di condensa, sospirò: "So cosa pensi, è inverosimile che fossili del Cretaceo si trovino in uno strato di addensati la cui età risale al Quaternario. Bisogna considerare che nel corso degli eoni gli strati possono erodersi, distorcersi, inclinarsi e addirittura invertirsi. Comunque, per chiarire la questione, ordinerò per domani un'attrezzatura georadar di ultima generazione, con la quale potremo analizzare anche gli strati sottostanti la zona di scavo fino a cento metri di profondità."

"Riguardo l'apparente mancata fossilizzazione delle ossa, pensi che si possa attribuire il fenomeno alla chimica del terreno?"

"È piuttosto improbabile, dato che la litografia è molto comune. L'analisi non ha rivelato nessuna strana sostanza acida, come torba o altro."

Per la seconda volta nella giornata, la porticina si spalancò per l'irruzione di un altro studente, dall'aria sconvolta: "Professore venga, venga..." e lo invitò a seguirlo.

Anche Mallis, incuriosito, seguì i due.

Ridiscesero nella fossa di scavo, il giovane si fermò nella zona E-6, a tre metri di distanza dall'area in cui giaceva la cassa toracica del *Quetzalcoatlus*.

Indicò col dito una porzione di teschio affiorante dalla terra. Erano evidenti le orbite vuote che sembravano osservare lo scheletro preistorico. Attorno si era creato un capannello di studenti increduli ed emozionati.

Il professore si chinò su quello che, al di là di ogni evidenza, era un cranio umano; lo accarezzò col palmo, e volse lo sguardo verso gli studenti.

Un anacronismo era già troppo, ma due rappresentavano un'assurdità.

C'erano eccessive anomalie, tutte insieme e nello stesso mattino.

Rissas dal basso si girò a scrutare i volti in cerca di un mezzo sorriso, di uno sguardo furbesco o di ogni piccolo indizio che potesse fargli capire che era stata organizzata una goliardata ai suoi danni.

"È forse uno scherzo? Ditemelo! Se qualcuno pensa di essere venuto qui a prendersi gioco di me, giuro che lo rispedirò all'università a pulire gabinetti finché campa!"

Alcuni giovani arretrarono intimoriti dall'attacco inaspettato, scuotendo la testa.

"Dragan, calmati, e cerchiamo di pensare" disse Mallis, scuotendogli la spalla.

Rissas tornò a guardare, incredulo, gli studenti:

"Com'è possibile? Ossa di dinosauro e umane assieme? Non è concepibile questo, ragazzi, ve ne rendete conto?"

Gli universitari annuirono esterrefatti, comprendendo lo sgomento dell'archeologo.

Proseguirono ancora per quattro giorni scavando nella zona circostante.

A complicare, se possibile, ancor di più lo scenario fu il ritrovamento, a poca distanza, di parte dello scheletro umano, rivestito di resti metallici, di un'armatura con una corta spada e uno scudo.

"A prima vista quella sul petto mi pare una *lorica* squamata e in corrispondenza di una spalla intravedo frammenti di una spilla o di un fermaglio. Potrebbe trattarsi di un personaggio di un certo livello, un centurione o un porta-insegne dell'esercito romano, databile intorno al I o II secolo dopo Cristo" disse accigliato Georgis Papas.

"Inoltre la distanza tra il cranio e il resto del corpo dell'essere umano lascia supporre che la testa sia stata spiccata dal busto. Se così fosse avremmo anche la causa più probabile del decesso. Esaminando le due estremità della colonna vertebrale, sia quella rimasta attaccata alla testa, sia quella che sostiene la cassa toracica, sono evidenti delle piccole incisioni che sembrano lasciate da un oggetto tagliente e seghettato."

Seghettato come il becco del Quetzalcoatlus, pensò Rissas.

"Non è detto che ci sia una relazione tra i due scheletri", esclamò poi, contraddicendo i suoi stessi pensieri e prevenendo le conclusioni di Papas che poteva aver effettuato lo stesso ragionamento.

Voleva infatti stroncare sul nascere qualsiasi teoria che intendesse provare un collegamento tra i ritrovamenti e la leggenda che aveva dato origine alla toponomastica locale.

Sarebbe stato facile dare in pasto alla stampa una notizia dai titoli sensazionalistici. Forse sarebbe stata utile anche ad attirare l'opinione pubblica sull'importanza degli scavi e, soprattutto, ad ottenere finanziamenti quanto meno indispensabili, data la ristrettezza delle risorse messe a disposizione dalla Soprintendenza archeologica.

Per contro, c'era il rischio concreto di aver preso un gigantesco abbaglio, di inimicarsi ulteriormente il sindaco o di vedersi consegnare un'ingiunzione a risarcire i danni subiti dall'Amministrazione Comunale per la mancata esecuzione dei lavori della discarica, per non dire della sua reputazione che sarebbe crollata all'istante.

"Christiana, dovunque ti trovi ora, sento la tua mancanza; mi serve la tua saggezza..."

Rissas decise che avrebbe agito con prudenza, controllando gli studenti dopo averli ammoniti severamente di mantenere il più assoluto riserbo sulla faccenda.

Tornò in superficie e si diresse nel solito capanno-laboratorio.

Lì per poco non si scontrò sulla porta con Lucia Fermi: "Dottor Rissas, la stavo cercando per metterla al corrente dell'esame che ho effettuato sul frammento metallico trovato nel costato dell'animale in E-5".

"Dimmi che non è come penso", si disse l'archeologo. La ragazza proseguì: "Lo spettrometro non ha dubbi, si tratta di acciaio temprato. Non è un oggetto preistorico. Ho provato a ricostruirne in 3D la forma al computer..."

"Non dirmelo, ci arrivo da solo. È la punta di una lancia."

"Sì, dottore. Se fossimo in un telefilm poliziesco, direi che questo colloca il soldato romano sul luogo del delitto."

Ecco un altro dettaglio, un'altra tessera del mosaico che sembrava formare una sola immagine: la scena madre della leggenda della Piana del Drago.

Rissas sorrise amaramente: "C'è solo un piccolo, trascurabile particolare: il soldato dovrebbe avere un alibi di ferro, scusami il gioco di parole, essendo vissuto duecentocinquanta milioni di anni dopo la vittima."

CAPITOLO 5

Quella notte Rissas ebbe un incubo.

Un vento fortissimo sollevava dalla piana desertica nubi di polvere sotto un cielo plumbeo, fino a scoprire i resti di un enorme rettile alato.

Più passava il tempo e più gli sembrava di percepire un movimento indistinto sulle ossa.

Qualcosa si stava formando.

Come in un film girato al contrario, uno strato di carne stava rivestendo lo scheletro, al punto di restituire l'immagine di un disgustoso ammasso di muscoli e vene.

L'archeologo osservava il tutto dal davanti della creatura, sullo sfondo le colline lontane, apparivano coperte da una foschia scura; era un temporale che avanzava con lampi intermittenti di saette.

Ultimata la formazione della pelle coriacea, ecco che nell'enorme testa oblunga gli occhi presero vita, crudeli occhi di rettile fissi su di lui.

Ma lui non poteva trovarsi in quel luogo,

e una parte della sua mente lo rassicurava di ciò.

Un'altra parte di sé avvertiva invece una minaccia; l'orrenda visione di fronte a lui era un'arma letale che stava per tornare a colpire.

In quel momento, come accade spesso nei sogni, la prospettiva cambiò: lo pterosauro non era più a pochi metri da lui, ma era lontano almeno cinquanta metri.

L'essere si alzò, reggendosi sulla punta delle ali e sulle piccole zampe posteriori; poi, aiutato dal vento, si librò verso l'alto, pronto alla caccia.

Rissas per un attimo si sentì paralizzato e impotente, poi una scossa di terrore gli diede un impulso che lo spinse a correre.

Correndo, si accorse di avere i movimenti impediti dal peso di un'armatura e di un grosso scudo e, all'improvviso, si rese conto di impugnare una lunga lancia nella mano destra.

Aveva la vista offuscata dalla polvere desertica che si alzava in forti mulinelli tutt'intorno a lui, e gli occhi gli bruciavano al punto che faticava a mantenerli aperti.

Dietro, il velo di lacrime che gli rigavano le guance, ecco apparire ora il mostro che dall'alto tentava di attaccare.

Non sembrava però interessato a lui, ma a qualcosa che si trovava qualche decina di metri più avanti.

Corse forte, conscio che c'era una missione che doveva compiere, anche se non ricordava di cosa si trattasse.

Diradatasi la tempesta di sabbia, davanti a lui apparve una bassa collina, un ammasso di piccole rocce, sulla quale stava per lanciarsi il *Quetzalcoatlus*.

C'era qualcosa che si muoveva al di sopra della collinetta, e quando fu più vicino riconobbe una figura umana femminile che, legata supina ad alcuni picchetti, si dimenava e gemeva disperatamente.

Riconobbe Lucia Fermi, imbavagliata e vestita con una lunga tunica bianca. Si dibatteva inutilmente per liberarsi dai legacci che le cingevano i polsi e le caviglie. Le lacrime avevano lasciato scie scure sugli zigomi impolverati. Sentì qualcuno che lo apostrofava, da dietro le spalle. Era Papas, vestito con una ridicola camicia a quadretti e cravatta a farfallino, che gli stava suggerendo: "Guardi che Lucia deve fungere da sacrificio umano al terribile dio Quetzalcoatl, l'uccello sacro ai Maya."

Rissas nel sogno scosse la testa, incredulo, e il giovane divenne sempre più trasparente, fino a sparire come un fantasma. Ansimante, tornò a fissare lo scenario di fronte a lui e colse altri dettagli inquietanti.

La collinetta sulla quale giaceva la ragazza era formata da teschi umani, oscena testimonianza di riti barbarici che risalivano a tempi immemorabili.

Il rettile volante era sempre più vicino.

Nella mente di Rissas si riaccese in quel momento il ricordo della sua missione, anzi della *duplice* missione: uccidere la creatura che terrorizzava le popolazioni dei villaggi circostanti e dimostrare a quei selvaggi la potenza dell'Impero al quale avrebbero dovuto sottomettersi.

La sua era anche la lotta tra la civiltà avanzata e l'ignoranza, tra la scienza e la superstizione popolare, tra la ragione e la paura.

Ormai il mostro era sopra di lui, con il becco spalancato e irto di denti appuntiti.

Si girò un ultimo istante verso il tumulo per posare lo scudo e recidere con il gladio le corde che imprigionavano la fanciulla terrorizzata, poi fece in tempo ad alzare la lancia e trafiggere il cuore dell'animale prima che questi azzannasse la sua testa, staccandola dal collo.

Gli schizzi di sangue lordarono la veste candida di Lucia, che si mise a urlare.

Rissas scattò dal letto, sudato e ansimante per lo spavento.

Col cuore che gli batteva all'impazzata, si alzò per bere un bicchiere d'acqua.

Man mano che il terrore residuo del sogno scemava, sentì emergere un sentimento in parte dimenticato. La visione, nel sogno, di Lucia Fermi così indifesa in abiti intensamente femminili e virginali aveva destato in lui qualcosa nel profondo...

No, non poteva pensare a lei come a una nuova fiamma, avrebbe potuto essere sua figlia.

Il celebre archeologo e la sua assistente-amante... Gli sembrò di vedere davanti agli occhi i titoli dei giornali scandalistici... Scrollò il capo per l'imbarazzo e ripose il bicchiere sul comodino.

Il caldo afoso della notte sembrava una cappa insopportabile, quindi l'archeologo si risolse ad uscire sulla piccola terrazza dell'albergo.

Tutt'intorno il minuscolo villaggio, costituito da basse casette a due piani, era immerso nel sonno. In lontananza distinse la sagoma della chiesetta, con le due semplici torri campanarie agli angoli della facciata principale.

Guardando il cielo che cominciava a rischiararsi pensò alla responsabilità che gli pesava sulle spalle.

Chiudere quanto prima gli scavi era la decisione che sembrava più opportuna.

Fin dall'inizio il preside dell'università e, in seguito, il soprintendente gli avevano fatto pressioni per evitare il protrarsi degli studi nella "Piana del Drago".

Grossi interessi economici della regione, vincolati all'apertura della discarica, dipendevano dalla sua decisione di approfondire o meno il mistero dei ritrovamenti negli scavi.

D'altra parte era importante trovare delle risposte all'enigma, e per fare questo occorreva tempo.

Ricordava l'immagine satellitare che aveva stuzzicato il suo istinto a cercare "qualcosa" in quell'area, ad allargare la zona di scavo aperta dal ritrovamento dei primi resti da parte di un operaio escavatorista, la curiosità quasi morbosa che lo aveva spinto a effettuare le indagini antropologiche e toponomastiche.

La Piana del Drago, vista nelle fotografie scattate in orbita bassa, balzava subito agli occhi per il contrasto rispetto all'ambiente circostante. Intorno si notavano distese di punti verde scuro di varia grandezza su un tappeto più chiaro: erano le vaste coltivazioni di ulivi che caratterizzano da sempre il territorio dell'entroterra greco.

In mezzo al verde ecco invece una macchia, un'eccezione, una smagliatura nell'ordinata trama antropica delle coltivazioni. Un disco del diametro di circa trecento metri color marrone bruciato, arido senza un motivo, secco come un insulto; una sfida all'umana comprensione e una sfida a "uno dei più testardi archeologi che siano mai vissuti", come più volte era stato definito da colleghi e giornalisti.

Testardaggine che, aggiunta a una qualità nascosta e indefinibile a metà tra l'istinto e la chiaroveggenza, in più di una situazione l'avevano però portato a scoprire reperti in luoghi insospettabili.

Si sentiva tra l'incudine della verità scientifica e il martello di beceri burocrati e affaristi senza scrupoli.

Doveva far presto, o avrebbe di nuovo affrontato le ire di quell'energumeno del sindaco.

Tornò nella stanza e accarezzò la fotografia sul comodino raffigurante lui e sua moglie che sollevavano trionfanti un femore di *Europasaurus holgeri* scoperto nel centro di Hannover, in fondo a un pozzo artesiano del 1500.

Era da poco sorto il sole che Rissas, dopo una frugale colazione al campo, chiamò Mallis a rapporto nella baracca-laboratorio.

Nonostante l'ora mattutina il condizionatore cominciava già ad arrancare.

"Nikos, hai terminato le scansioni con il georadar?"

"Ti avrei cercato io stesso tra poco per metterti al corrente. Sto per ultimare l'elaborazione dei dati con il computer, ma... Dragan, già dai primi risultati ti posso anticipare che ci sono novità sconvolgenti."

"Perdonami, Nikos, ma giunti a questo punto non so cosa potrà sconvolgermi ancora..."

Mallis si piegò sul tavolo, appoggiandovi i gomiti: "Vorrei partire un po' da lontano, con un altro mistero che riguarda i nostri due ritrovamenti."

"Già, il *giallo di S. Giorgio*, come è stato denominato impropriamente dai miei studenti..."

"Appunto, perché giusto di un giallo si

tratta, ma sotto un altro aspetto. Come hanno fatto i resti del rettile volante e del soldato a rimanere in uno stato che potremmo definire *congelato*, cioè in una posizione immutata dal momento in cui si è svolta l'azione? I tuoi studenti, che, devo riconoscere, sono molto brillanti, hanno ricostruito l'antefatto, il duello tra il *Quetzalcoatlus* e il soldato, nei quali entrambi hanno avuto la peggio. Possibile che in duemila anni, con il succedersi di civiltà ed eventi climatici e terremoti, lo scenario sia rimasto pressoché incontaminato?"

"Senti, amico, hai un'ipotesi che spieghi questo mistero o stai aggiungendo un secondo fardello a quello già pesante che sto sopportando? Sai anche tu che da un momento all'altro mi aspetto un'altra visita di quello scorbutico di Zagaris, e prima di allora vorrei potergli sbattere sotto il naso un verbale di proroga delle ricerche rilasciato dal soprintendente. Proroga che posso ottenere solo se ho in mano dati concreti."

"Ti darò dati concreti, partendo dall'analisi di quelli ottenuti dalla scansione con il georadar. Pare che in questa zona, e parlo di un'area circoscritta del diametro di circa trecento metri, gli strati geologici appaiano sfalsati rispetto all'intorno.

L'anomalia si presenta per l'appunto dallo strato litologico che stiamo scavando fino a dove arriva il raggio d'azione del georadar. La cosa più curiosa che ho rilevato è che questa "difformità" ha una forma semisferica, con il centro situato in un punto molto vicino alla superficie, cioè quello in cui ha avuto luogo il nostro *giallo di S. Giorgio*."

"Una forma semisferica, hai detto? Non ho mai sentito di una cosa simile, in natura. Questa è fantascienza!" replicò sbigottito Rissas.

"Sì, la faccenda risulta talmente strana che ritengo le mie competenze non siano sufficienti. Se sei d'accordo, chiamerei in nostro aiuto il Dott. Kostis Dellas, del Dipartimento di astrofisica di Atene."

Rissas abbassò le spalle, scoraggiato. Ci sarebbe voluto *molto* tempo per venire a capo della faccenda, da come si mettevano le cose.

CAPITOLO 6

Dopo aver eseguito alcuni rilievi topografici, Rissas stava recandosi a scaricare i dati nel computer quando vide arrivare una nuvola che non prometteva niente di buono.

Non si trattava di un temporale, ma della solita nube di polvere che preannunciava l'arrivo di grane a tutta velocità.

Dopo una frenata degna dei migliori film d'azione, il fuoristrada partorì Zagaris che, con piglio deciso, ostentava occhialoni da sole all'ultima moda e un doppiopetto blu di ottimo taglio che nascondeva a fatica la pancia prominente. Una cravatta giallo fluo alla moda evidenziava il suo pessimo gusto negli abbinamenti.

Era seguito come sempre dai suoi due assistenti, uno dei quali sgambettava alla sua destra, portando i documenti in una ventiquattrore di pelle.

Rissas congedò gli studenti che lo avevano accompagnato e che osservavano accigliati il nuovo arrivato, poi gli si fece incontro prevedendo, rassegnato, un colloquio poco cordiale. Era tuttavia deciso a mantenere la calma e a non cedere di un millimetro.

"Christiana, assistimi tu, ti prego".

"Qual buon vento, signor Zagaris?"

Grugnendo, l'omone si arrestò dinnanzi al piccolo professore e, senza togliersi gli occhiali, strinse in una morsa la mano del paleontologo.

"Sono venuto per verificare l'andamento dei lavori e valutare quanto manca al loro termine. Sa, ho appena ricevuto una lettera non proprio amichevole da parte di una delle banche che finanziano l'apertura della discarica."

Così dicendo, fece scorrere uno sguardo panoramico sul sito archeologico.

Poi Zagaris si addossò al suo interlocutore, in modo da ottenere il massimo vantaggio psicologico derivante dalla sua statura imponente. Anche le lenti a specchio, che non lasciavano intravedere dove guardasse, davano a Rissas un'irritante sensazione di inferiorità.

"Così a occhio, mi pare di constatare che, purtroppo, gli scavi sono ancora aperti e i lavori in corso. Come lo spiega? Da quel che mi risulta, i suoi ritrovamenti dovevano essere già stati inscatolati e classificati, pronti per essere spediti via da qui."

"Signor sindaco, immagino che lei sia un uomo di cultura, oltre che un ottimo amministratore. Devo quindi presumere che apprezzerà il lavoro che stiamo svolgendo e che capirà l'importanza di alcune novità che sono venute alla luce durante gli scavi. Mi permetta però di invitarla nel mio laboratorio per offrirle una bevanda fresca."

Giunti alla baracca, il sindaco si fermò sulla soglia: "Spero per lei che queste novità non causino un ritardo apprezzabile dei lavori, poiché sono pronto a mostrarle i documenti che ho menzionato, e le garantisco che verrebbero i brividi anche a lei se sapesse quanti milioni di euro ci sono in ballo. Con la crisi che sta strangolando la nostra economia, deve comprendere che è necessario dare una spinta alle imprese, e queste trarrebbero un grande vantaggio dall'apertura del centro di raccolta. Comporterebbe un notevole taglio dei costi di smaltimento, soprattutto dei rifiuti speciali, capisce?"

"Anch'io sono pronto a mostrarle alcuni dati che possono rivoluzionare non solo la storia, ma forse anche alcune branche della scienza, se sarò in grado di ultimare le ricerche. Ho convocato un fisico dall'Università di

Atene per un consulto."

A queste parole il sindaco parve essere stato morso da uno scorpione: "Cosa? Ancora scienziati? Ma non ci sono già abbastanza teste d'uovo qui? Dovete raccogliere i vostri ossi, metterli in una teca e lasciare libero il posto. Non ci sono storie! Chiaro?"

Il tono del sindaco era partito da un volume basso, per terminare in un grido rauco, seguito da un imporporamento del viso.

Rissas, che non aveva certo studiato e fatto sacrifici per tutta la vita per sottostare a una simile dimostrazione di bestialità, replicò: "Temo proprio che il suo documento o cartaccia che ha nella borsa non avrà nessuna importanza, quando pubblicherò su Nature le nuove scoperte che..."

Si scatenò l'inferno. Zagaris sollevò gli occhiali e si chinò leggermente per fissare lo sguardo sull'archeologo: "Allora non mi sono spiegato, *ignorante universitario*. Non mi interessano le fotografie, o altro, di quel cavolo che avete scoperto qui sotto. Il fatto è che io sono un uomo di parola.

Da più di tre anni ho espropriato queste terre a bifolchi semi-analfabeti per appaltare alle ditte la raccolta dei rifiuti e far rendere bei soldi a questo fazzoletto di terra merdosa.

Ho modificato il Piano Regolatore, zittito una rivolta popolare, truccato un referendum, oliato ingranaggi ai più alti livelli. Qui lo dico e qui lo nego. Non posso buttare tutto alle ortiche solo perché un bel giorno arriva lei dalla sua bella università, scava, e trova un pezzo di osso di... di... chissà ché! Qui siete a casa mia, e fate quello che dico io, ci siamo intesi?"

Due grumi di schiuma bianca gli comparvero agli angoli della bocca, facendolo sembrare un cane rabbioso. Rissas, a disagio di fronte all'incontenibile ira del sindaco, cercò di prendere tempo; intanto si chiedeva come in quel cervello arido non potesse esserci un minimo di comprensione, come in qualsiasi altro essere umano: "Lei non capisce, devo solo verificare dei dati, ho bisogno solo di qualche altro giorno. Non..."

"Non voglio sentire altro! Siete voi a dover *capire* chi comanda qui! Mi basta un dito per premere dei tasti su un telefono e levereste le tende in men che non si dica."

Detto questo, mollò un pugno sulla lamiera della baracca, facendo trasalire Rissas e i due "aiutanti".

"Io qui posso ogni cosa, anche prendere a pugni questa, e lo faccio!"

Di fronte a tutti, anche agli studenti che erano accorsi dopo che avevano udito le urla provenire dalla baracca, Zagaris prese a tempestare di pugni la sottile porta della baracca, che si deformò come un pezzo di latta.

Ad ogni rimbombo della lamiera i due sottoposti sussultavano terrorizzati, pur continuando a mostrare un forzato sorriso da ebete.

Quando l'uscio fu quasi del tutto demolito, la furia del sindaco si placò: "Perché mi guarda così, Rissas? Che razza di uomo è, professore? L'ultimo che si è azzardato a ostacolarmi, uno sciocco membro dell'opposizione, ha avuto un improvviso ripensamento quando si è visto arrivare un accertamento fiscale *casuale* che lo ha quasi mandato sul lastrico. Tutti abbiamo qualcosa di caro a cui teniamo... Usi il suo cervello di prima qualità! Non c'è altra via d'uscita, tranne *quella*, datemi retta."

E fece ruotare l'indice fino a indicare il cancello del cantiere, ribadendo chiaramente che l'équipe doveva togliere il disturbo il prima possibile.

Il funzionario che si trovava alla destra di Zagaris, equivocando il gesto del sindaco, pensò che stesse cercando la valigetta e, avvicinandosi, estrasse parte della documentazione.

Zagaris, agendo d'istinto come una fiera, gli strappò dalle mani la valigetta e, con violenza inaudita, la scagliò al suolo.

"Non mi servono i documenti! Se mi fossero serviti te li avrei chiesti! Sei un inetto anche come portaborse!"

Il giovane, nonostante la cocente umiliazione, ebbe la forza di inginocchiarsi al suolo, raccogliere i fogli sparsi sul pavimento di terra battuta e rimetterli nella valigia dopo averli ripuliti con cura.

Zagaris, di fronte a un tale atto di servilismo, anziché acquietarsi, si accanì ancor di più sull'assistente, più che altro per dimostrare a Rissas dove poteva arrivare il suo potere: "Pezzo di imbecille, da domani te ne puoi stare a casa. Sei licenziato. Sai quanti ne trovo meglio di te?"

Rosso in viso, il giovane si rimise in riga, ma stavolta senza sorriso e col capo chino.

Il gruppetto di studenti e Lucia Fermi, che era sopraggiunta in quel momento, provarono un moto di vergogna per quello smidollato senza orgoglio.

"Sappiate comunque che non finisce qui, cari i miei *scavaossa*! Non avete idea di cosa potrei scatenare. Non ne avete proprio idea!"

Pochi istanti dopo il fuoristrada scomparve di nuovo in un tornado di polvere.

Rissas rimandò al lavoro i ragazzi, che si allontanarono, chi scuotendo la testa, chi mostrando il dito medio all'auto ormai lontana.

Solo Lucia rimase a fissare l'archeologo, che le restituì lo sguardo.

La ricercatrice lavorava da pochi mesi con Rissas, ma sapeva leggere la risolutezza nell'animo di quell'uomo, unita a una sofferenza sepolta da molto tempo e che riemergeva nei brevi momenti in cui Rissas era tormentato da dubbi.

Sentì il cuore aumentare i battiti, e un impulso improvviso la spinse a prendergli la mano callosa.

Lui non la respinse, e per un poco le rughe sul volto cotto dal sole, sembrarono spianarsi.

"Professor Rissas... Dragan, posso darti del tu, vero?"

Lui non rispose, continuava a fissarla intensamente.

"Ehm, Dragan... ecco, volevo solo dirti che..."

"Cosa voleva dirmi, Lucia? Qui stiamo per saltare in aria, lo capisce? Non possiamo permetterci di sbagliare. In nessun modo e in nessun senso. Torni al lavoro, adesso. Il tempo è tiranno."

Poi aggiunse, come colto da un senso di colpa:

"Per favore."

Lucia fece per tornare alla fossa di scavo, scura in volto e delusa per essere stata in qualche modo respinta, ma si girò un attimo: "Sappia comunque che le sono vicina. Se mi vuole, se vorrà sfogarsi, sappia che saprò ascoltarla." E se ne andò.

Grazie, pensò tra sé Rissas.

Non voleva ammetterlo neanche a se stesso, ma in quel momento sentiva un fuoco dimenticato risvegliarsi nell'animo.

CAPITOLO 7

Fu necessario ancora un lungo giorno di lavori per portare alla luce altre porzioni dello scheletro di *Quetzalcoatlus*.

Rissas, dopo averlo lungamente incalzato per telefono, aveva convinto il professor Dellas a visitare il sito archeologico. Ora lo stava attendendo al casello d'uscita della E55, poco a sud di Kopanaki.

Erano le undici di un mattino nuvoloso, e Rissas si sentiva stressato come non mai a causa della corsa contro il tempo e contro l'illogicità di un sistema politico corrotto e retrogrado.

Appena riconobbe il vecchio e distinto signore con folti baffi bianchi e capelli ricci incolti dello stesso colore, l'archeologo lo salutò e lo invitò a seguirlo con l'auto fino all'albergo nel quale alloggiava l'équipe di ricerca.

"Ha fatto un buon viaggio, professore?" chiese Rissas, dopo aver stretto la mano del docente. Notò che curiosamente, nonostante l'età, la postura era ancora elegante e che lo scienziato non amava prendersi troppo sul serio, prediligendo camicia fuori dai jeans e scarpe da tennis al completo in giacca e cravatta.

Salirono al primo piano, dove Dellas depositò le sue valigie nella piccola camera d'hotel. Poi si volse verso Rissas: "Spero per lei che ciò di cui mi ha accennato al telefono valga il disagio di avermi fatto saltare la lezione in facoltà e di avermi costretto a subire un viaggio di duecentotrenta chilometri fino a questa località sperduta."

Piccoli occhi azzurri e vivaci fissarono indagatori quelli dell'archeologo.

"Il geologo della mia squadra, il dott. Mallis, è uno scienziato di una certa esperienza, e mi ha garantito che una cosa simile non l'ha mai vista in tutta la sua carriera."

"Ma perché avete interpellato proprio me, un fisico?" Curiosamente Rissas notò che i suoi baffoni sobbalzavano continuamente mentre parlava, dandogli un aspetto buffo da vecchio saggio.

"Abbiamo chiesto il consulto di un esponente scientifico specializzato in una materia diversa, in parte per avere il parere di uno studioso non influenzato da preconcetti storici, in parte perché credo che una ricerca multidisciplinare possa risultare più efficace. Inoltre la mia scelta è caduta su di lei perché la ritengo il miglior teorico disponibile nei dintorni. Esiste anche un problema di tempistica, il sindaco ci ha minacciati seriamente se non chiudiamo il cantiere in tempi brevissimi."

Ridiscesi al piano terra, salirono sul *pickup* e si recarono al sito archeologico.

Dopo dieci minuti di percorso lungo stradine sterrate, distese di uliveti e cespugli di cardi impolverati, i due giunsero al campo accolti da Mallis, che portò subito il fisico all'interno della baracca, senza nemmeno dargli il tempo di guardarsi intorno. Il geologo era così trafelato che la sua bandana era impregnata di sudore, con rivoletti che gli scendevano dalle tempie.

"Vede queste scansioni? Le ho eseguite quattro giorni fa con un georadar ad ampio raggio. Anche se la profondità raggiunta è solo di cento metri, ho elaborato i risultati con il computer e ho dedotto che è presente un'anomalia nella sovrapposizione degli strati geologici. La cosa che mi ha più stupito è la forma di questa anomalia: è molto regolare... è praticamente una semisfera perfetta."

Rissas raccontò al professore anche del mistero che avvolgeva il presunto duello tra il legionario e il mostro preistorico.

Concluse: "Un essere vissuto milioni di anni fa non può sopravvivere fino all'età dell'uomo se non vi è un ambiente favorevole e se non ci sono altri suoi simili a garantire la continuità della specie. Se ci fossero stati altri ritrovamenti analoghi in zona si sarebbe potuta avvalorare questa ipotesi, ma non sono mai stati rinvenuti altri pterosauri del genere. Il *Quetzalcoatlus*, tra l'altro, popolava l'attuale Messico, non l'Europa."

Dellas rimase per un minuto buono in silenzio, poi prese la parola:

"Il fatto che mi abbiate convocato qui suggerisce che voi ritenete il mistero spiegabile con qualche strana ipotesi inerente la fisica, giusto?"

L'archeologo e il geologo annuirono.

"E quella che il Dott. Mallis ha definito una semisfera altro non è che una sfera la cui metà superiore è costituita dall'aria... Non volete dirlo ma, mettendo insieme gli indizi che mi avete dato, presumete che si sia verificata una sorta di falla nel *continuum* spazio-temporale, una frattura che ha di fatto consentito il passaggio nell'era umana di un essere proveniente dal passato. È così?"

Dopo essersi fissati negli occhi, i due interlocutori fecero un timido cenno di assenso.

Rissas, in particolare, temeva che il Dott. Dellas scoppiasse a ridergli in faccia.

"Sarei propenso a giudicarvi dei pazzi, se non conoscessi il curriculum del Dott. Rissas. Ma non voglio demolire a priori la vostra teoria. Mostratemi i reperti."

L'archeologo estrasse da una cassa il cranio umano, i resti dell'armatura e parte del cranio del *Quetzalcoatlus*. Spiegò in poche parole lo straordinario stato di conservazione delle ossa del rettile e lo mise al corrente della punta di lancia infilata tra le sue costole. Gli mostrò anche i diagrammi dell'analisi effettuata con lo spettrometro.

"Permettete che faccia una telefonata?" chiese Dellas, dopo aver mostrato uno sguardo pensieroso che aveva trasformato la sua fronte in un intrico di rughe.

"Certo, professore, le presto il mio cellulare. Posso sapere per quale motivo?"

"Voglio solo vedere se sono più strambo io di voi" rispose il fisico.

Passò una buona mezz'ora, nella quale Dellas ebbe una complicata conversazione in lingua inglese, condita con vocaboli astrusi inerenti la meccanica quantistica come "teoria delle stringhe", "corde", "brane", "multiverso", tutti termini che esulavano dalle competenze scientifiche di Rissas e di Mallis.

In alcuni momenti Dellas alzava la voce, sostenendo le proprie tesi, in altri il fisico gesticolava e faceva ampi gesti con la testa, annuendo.

Finalmente il colloquio ebbe fine, con i due spettatori che non ne potevano più di restare sulle spine.

Dellas prese a camminare avanti e indietro, scompigliandosi, pensieroso, i capelli candidi.

"Ehm... professore? Ha tratto qualche conclusione?" sussurrò Rissas.

"Ci vogliono tempo e mezzi per trarre conclusioni, caro dottore..."

"Capisco che lei preferisca agire con i piedi di piombo, purtroppo però il tempo è proprio ciò che ci manca. Può farsi raccontare dal mio collega la reazione del sindaco di Kopanaki quando gli ho chiesto una proroga delle ricerche."

Dellas si prese il mento, assorto: "Per approfondire il mistero di quell'anomalia temporale ho bisogno di farmi mandare attrezzature piuttosto sofisticate dall'Università e, soprattutto, dovrei far richiesta di stanziamento di fondi per pagarne il noleggio. Senza contare le spese per la costruzione delle sovrastrutture e degli impianti e il coordinamento delle maestranze."

"Quanto tempo pensa possa richiedere la pratica?"

"Mah, forse un mese, se chiedo qualche favore quaranta giorni. Più il tempo per il trasporto e il montaggio in loco della struttura."

Rissas si passò una mano sul viso, scoraggiato.

"Non possiamo aspettare così tanto. Il sindaco mi ha apertamente minacciato."

"Posso chiedere di avviare una procedura di emergenza. Anzi, farò in questo modo, visto che potrei esibire i vostri diagrammi. Ciò ridurrebbe notevolmente il tempo di attesa, magari fino a venti giorni."

"Sono comunque troppi… però sto pensando che, nel frattempo, potremmo trovare un sistema per convincere il sindaco a lasciarci stare per il tempo necessario" concluse l'archeologo.

"Forse ho un'idea" disse Mallis, con un ghigno demoniaco.

CAPITOLO 8

"Lucia, ho un incarico da affidarle" disse Rissas alla studentessa, mentre questa era intenta a ripulire dai sedimenti i delicati ossi delle ali, lunghe più di sette metri.

Era molto bella, con il viso triangolare sporco di polvere che la faceva sembrare un'antica eroina reduce da una battaglia.

Rissas ebbe un sussulto al cuore, come sempre quando incontrava il suo sguardo, benché in base all'età potesse ritenersi suo padre.

La ragazza gli ricordava troppo l'amata Christiana.

Riandò con la memoria a quindici anni prima, durante una spedizione in Messico, nello stato di Coahuila.

Stavano collaborando con un'équipe del Museo di Storia Naturale dello Utah e si trovavano a circa centocinquanta chilometri dalla città più vicina, all'interno della Reserva de la Biosfera Mapimí.

Stavano esaminando una serie di impronte

fossilizzate, quando un collega scoprì per caso i resti di alcune vertebre dorsali. In seguito agli scavi venne alla luce la gigantesca coda di un rettile vissuto nel Cretaceo.

Rissas e la moglie erano felici di aver aggiunto un altro tassello della storia antica al sapere umano, ma senza falsa modestia erano contenti anche di aver arricchito ulteriormente il loro curriculum.

Più aumentava la smania di portare in un museo il colossale reperto, più aumentavano la fatica e le ore che i due scienziati passavano a ripulire, misurare, catalogare, fotografare.

Anche assegnandosi dei turni erano giunti a lavorare fino a dodici ore al giorno.

Rissas stava cercando la moglie per aggiornarla su una e-mail ricevuta dall'Università, quando la trovò stesa nella fossa di scavo con una mano sul petto. Un attacco cardiaco se l'era portata via.

Il primo pensiero che colse l'uomo, assurdamente, fu la profonda indignazione per il fatto che la Morte non gli aveva dato nessun preavviso. Pianse per l'ingiustizia di un destino assurdo che, proprio nel momento di massima felicità, gli aveva tolto la persona che amava di più senza nemmeno concedergli la possibilità di salutarla.

Poi la consapevolezza lo colpì come un fiume in piena e venne travolto dal dolore.

L'archeologo, sconvolto, chiamò a gran voce i colleghi, che si erano ritirati nella baracca adibita a mensa per il pranzo. Vennero chiesti subito i soccorsi con un telefono satellitare.

Il senso di impotenza provato nel deserto mentre attendevano l'arrivo dell'elicottero di soccorso, e la sofferenza patita in seguito lo avevano segnato fino ad allora.

Solo l'immersione totale nel lavoro e nell'attività di ricerca gli avevano dato uno scopo da perseguire, una sorta di linfa vitale per lo spirito.

"Dica, Dottore" lo scosse Lucia, riportandolo bruscamente alla realtà.

La ragazza aveva quello sguardo trasognato ogni volta che si rivolgeva a lui. Dal giorno della sfuriata del sindaco capì che in lei si era rafforzato quel sentimento di empatia nei suoi confronti. Rissas non era ancora convinto si trattasse di innamoramento; secondo il suo parere era qualcosa di più simile all'ardore di una fan per il suo cantante preferito.

Era tentato di trattarla in modo brusco per disilluderla, ma il risultato non sarebbe stato credibile, dato il suo carattere di solito tollerante. Tornò col pensiero al presente: "Dovrebbe recarsi nel palazzo comunale a Kopanaki e, senza farsi notare dal sindaco, chiedere di visionare o farsi fotocopiare da qualcuno degli impiegati la pratica della discarica."

L'idea di Mallis era quella di cercare qualche irregolarità nella pratica di autorizzazione o, nella peggiore delle ipotesi, di far sparire alcuni documenti. Ciò allo scopo di creare un diversivo allertando l'Ufficio Sanitario in modo anonimo e quindi far sospendere l'esecutività del procedimento burocratico per il tempo necessario alle ricerche.

Zagaris era incollerito più del solito dopo una telefonata con il presidente della banca finanziatrice. Aveva dovuto di nuovo inventare un pretesto per giustificare il ritardo sull'inizio dei lavori.

Uscì dall'ufficio a passo militare ed entrò in segreteria, arrivando alle spalle dell'impiegata mentre questa sbirciava un sito internet di cronaca rosa.

Il sindaco le si parò innanzi, mentre lei rimase impietrita dietro il tavolo: "Signora

Miras! Mandi subito questo fax all'impresa appaltatrice della discarica e per conoscenza a mio cognato, l'architetto progettista."

Le porse il foglio con l'ultima lettera di sollecito della banca, mentre ripensava alla supponenza di quei ricercatori da strapazzo. Non capiva come potessero essere così indifferenti alla quantità di soldi che c'era in ballo e che rischiava di ritornare nelle casse del governo centrale, impegnato a risanare l'immensa voragine del debito pubblico, sotto forma di tasse. La collera gli inondava le vene di adrenalina e gli occhi erano iniettati di sangue. Si accorse che l'impiegata lo osservava sgomenta. Questo atteggiamento servì a rinforzare la sua attitudine a infierire sui subalterni più deboli.

"Oh, un'altra cosa, signora Miras. Qua si viene per lavorare, non per guardare porcate su internet!" La fissò truce, trapanandole l'anima.

Lei balbettò debolmente una sorta di spiegazione, senza mai avere il coraggio di sostenere il suo sguardo, ma lui continuò, appoggiandosi coi pugni sul banco: "Mandi quel fax, finisca la giornata e domani si presenti al lavoro, ma sappia che sarà per poco: si ritenga sulla strada del licenziamento. Lei ha finito di venire qui a mangiare i soldi della comunità. Sa perfettamente che non scherzo, quel che dico, faccio. Buona giornata!"

Zagaris voltò le spalle e, sbattendo l'uscio, se ne tornò in ufficio.

Un'ora dopo, Lucia Fermi entrò nell'ufficio segreteria del Comune, un anonimo cubicolo di vetro e alluminio con dentro due impiegate. Si avvicinò al bancone, dove venne accolta da una funzionaria dall'aria molto abbattuta.

"Mi scusi se la disturbo, vorrei chiedere un'informazione."

"Dica pure."

"Vorrei sapere se è possibile visionare la pratica di autorizzazione della nuova discarica".

"Secondo il regolamento, per visionare i documenti dovrebbe prima effettuare una richiesta scritta e attendere il permesso da parte del sindaco."

"Ehm… non potrebbe farmi un piccolo favore, sa… io lavoro nel sito archeologico, sono una ricercatrice e il tempo per noi è prezioso. Saprei esserle molto grata."

"Mi dispiace ma ho ordini ben precisi da parte di Zagaris in persona…" detto ciò abbassò lo sguardo e iniziò a singhiozzare.

Lucia Fermi rimase stupita di fronte alla reazione della ragazza.

Dietro all'impiegata, l'altra dipendente aveva abbassato gli occhi ed era arrossita per l'imbarazzo.

Lucia intuì che era successo qualcosa di serio, un funzionario pubblico non si sarebbe messo a piangere così con la prima arrivata. La causa doveva essere recente, poiché una donna non si porta un dolore da casa al mattino per farlo esplodere solo nel tardo pomeriggio.

Con astuzia pensò di volgere la situazione a suo vantaggio. "Che le succede? Posso aiutarla in qualche modo? Ho notato la sua aria triste."

Vide l'anello nuziale.

"Problemi di cuore? Molte volte, quando una donna piange, è colpa di un uomo..."

"M-mi scusi. Non avrei dovuto..."

Intervenne la collega: "No, è colpa del sindaco. Quell'essere è... spregevole!"

Miras si girò di scatto e fulminò con lo sguardo la collega, che tornò a concentrarsi sul suo lavoro.

"Zagaris? È colpa sua?" Insistette la Fermi.

"Sì… sì, infatti, è… è stato… il sindaco. Quell'uomo è orribile, mi licenzierà perché mi ha scoperta a visitare un sito internet durante l'orario di lavoro. Ora come farò, visto che ho un figlio piccolo da accudire e un marito disoccupato?"

"Non deve disperarsi. Vede, so che può sembrare una casualità strana, ma forse il destino esiste" aggiunse con convinzione la ricercatrice.

"Che intende dire?"

"Anche noi abbiamo problemi con quell'uomo. Conosciamo il suo caratteraccio, che abbiamo sperimentato sulla nostra pelle, così come conosciamo le sue mire da speculatore. Deve credermi se le rivelo che siamo vicini ad una grande scoperta scientifica, ma quel… quel barbaro ci sta frenando in tutti i modi."

Miras si asciugò le lacrime e incominciò a prestare molta attenzione. Conosceva la Piana del Drago, la pratica della discarica, tutte le trafile burocratiche che si erano susseguite e l'autorizzazione ottenuta grazie ai metodi subdoli del suo superiore, nonché il poco interesse per questioni lontane da ciò che poteva definirsi 'ambito finanziario'.

Le credeva, e sentiva una grande voglia di

rivincita nei confronti di quel tiranno.

"Le garantisco che, se le nostre ricerche andranno a buon fine, Kopanaki diventerà un importante centro turistico e culturale, ci sarà lavoro per molta gente. Deve aiutarmi."

"Scoperta…di che tipo?"

"Non posso sbilanciarmi ulteriormente, ma se collabora con noi le prometto che metterò una buona parola per lei e suo marito con i miei dirigenti."

"D-davvero?" Miras tirò su col naso. Un pallido sorriso apparve a rischiararle il volto, e Lucia seppe di aver vinto.

"Sì. Ma ora mi mostri la pratica, la prego, non abbiamo più tempo. Ormai non ha nulla da perdere, no? Scambiamoci anche i numeri di telefono."

L'impiegata fece un cenno di assenso. Ora tra le due donne pareva essersi creata una sorta di complicità.

Si asciugò gli occhi con due dita, mentre apriva velocemente l'anta dell'armadio in cui erano chiuse le pratiche più delicate.

Ne estrasse un faldone molto corposo, ne lesse il nome e lo consegnò in silenzio alla ricercatrice, che cominciò a far scorrere le pagine.

"Cosa? La pratica è stata sospesa? Non ci

posso credere!" disse Zagaris al cellulare.

Seguì una pausa di ascolto. Il sindaco, oltre alla voce dell'interlocutore, sentiva il sangue rombargli nelle orecchie. Dovette farsi violenza per mantenere un tono di voce pacato.

"Senta, Dott. Kapsis, capisco che l'esposto all'Ufficio Sanitario non può essere ignorato, ma le garantisco che la documentazione è completa. Non è vero che manca la relazione geologica. La pratica di Valutazione Impatto Ambientale era particolareggiata ed esauriente, ho seguito dal principio alla fine l'iter burocratico e sono sicurissimo che erano stati allegati tutti i pareri e le perizie di rito. Le chiedo solo di considerare il fatto che questa faccenda ha tutta l'aria di essere un *bluff* creato ad arte dagli scienziati del sito archeologico per ritardare l'inizio dei lavori della discarica. Come? Vuole assolutamente eseguire un altro rilievo geologico? Ma non se ne parla nemmeno! Avvisare la procura? No, n...non c'è bisogno di scomodare un magistrato, sono pieni di lavoro, quelli... Ho capito, ho capito. Nel più breve tempo possibile le farò trovare l'integrazione della pratica sulla sua scrivania."

Il sindaco fece un lieve inchino verso il

nulla davanti alla scrivania: "Va bene, dottore, la ringrazio per essersi premurato di avvisarmi telefonicamente... grazie!"

Zagaris era furente, ma anche conscio del fatto che sollevare un vespaio non avrebbe sortito altro effetto se non quello di aumentare ulteriormente il ritardo del cantiere.

Il fotoritratto di lui molto più capelluto e magro accanto ad una giovane sposa cadde sotto la scossa sismica del suo poderoso pugno sul piano della scrivania.

"Che comune di merda mi tocca amministrare!" furono le parole del sindaco prima di essere raggiunto dal nuovo portaborse. Quest'ultimo, un giovane azzimato con capelli neri brillantinati di nome Sigalas, sembrava un po' meno pavido e leccapiedi di quello precedente. Zagaris, stranamente, aveva preso l'abitudine di chiedergli pareri, anche se raramente, su varie questioni.

"Stamattina mi è giunta una e-mail in cui la *holding* che rappresenta gli investitori mi ha dato un ultimatum per l'approvazione della discarica: quindici giorni. Ma come faccio, visto che un funzionario del cavolo mi sta mettendo i bastoni tra le ruote?"

"Potrebbe far pressioni sul direttore dell'Ufficio Sanitario per addolcire il suo subordinato, che ne pensa?"

"Non posso, devo già troppi favori al direttore, per le agevolazioni che mi ha concesso nelle fasi preliminari del progetto. Non vorrei dargli l'occasione per approfittare troppo di me in futuro, soprattutto in caso di elezioni."

"Allora provi con il segretario di partito. Penso che…"

"Ci vuole troppo tempo per contattarlo, è impegnato all'estero in una campagna di raccolta fondi per la sua associazione culturale. Un momento... forse ho trovato! Potrei ritorcere l'idea di quei maledetti contro di loro."

Prese in mano il telefono e chiamò a raccolta la giunta comunale.

"Hallo, parlo con la dottoressa Fermi?"

"Sì, sono io. Lei è la signora Miras, del Comune?"

"Sì, scusi se la disturbo, ma volevo avvisarla che stamattina è stata protocollata una comunicazione importante che potrebbe interessarla; dovrebbe venire subito in segreteria."

"Mi precipito da lei."

Dopo mezz'ora la ricercatrice italiana entrò nell'ufficio, dove la signora Miras le porse, di nascosto, un documento.

"Il sindaco ha appena indetto una riunione di giunta, con all'oggetto un'ordinanza urgente di chiusura del sito archeologico, per mancanza di una firma sull'autorizzazione della Soprintendenza."

"Ma come? Sono sicura che tutti i documenti erano a posto. No... ho capito. Quel farabutto sta giocando il nostro stesso gioco. Accidenti, pare che Zagaris ci abbia formalmente dichiarato guerra."

CAPITOLO 9

"Dellas, il tempo stringe. Zagaris è ben deciso a farci chiudere il sito. Abbiamo solo dieci giorni prima che la giunta si riunisca e l'ordinanza diventi esecutiva. Poi mancherà poco prima che arrivino qui le forze dell'ordine a sigillare tutto."

"Sto facendo l'impossibile, Rissas" rispose il fisico, al telefono da Atene "ho appena finito di imballare l'attrezzatura; tra poco giungerà un elicottero da carico dell'esercito per portarla a Kopanaki. Non le dico quanto verrà a costare il tutto. Per ridurre i tempi di attesa ho praticamente convinto il preside dell'Università che il mondo stava per essere inghiottito da un buco nero. Per fortuna il preside, a sua volta, ha scomodato nientemeno che il segretario agli Interni, il quale ha agevolato il rilascio di tutti i nullaosta."

"Sarà ampiamente ripagato, professore. Quando arriverà la sua squadra di tecnici?"

"Arriveranno pure loro con l'elicottero. Li ho ben motivati a compiere il loro lavoro nel più breve tempo possibile."

"A quando il vostro arrivo, allora?"

"Tra un'ora e mezza circa, se tutto procede senza intoppi."

Chiusa la telefonata, Rissas uscì dalla baracca e, nonostante la mole di impegni che lo sovrastava, decise di soffermarsi un minuto ad ammirare dall'alto la trincea di scavo.

La carcassa del *Quetzalcoatlus* era stata ripulita quasi interamente. Non aveva mai visto in tutta la sua carriera un reperto così ben conservato e pressoché intatto.

L'apertura alare dell'essere era di quindici metri, come un campo da basket, una meraviglia per i turisti che un giorno avrebbero affollato il futuro museo archeologico di Kopanaki.

La scoperta più straordinaria, però, era nascosta nel sottosuolo.

L'esame comparato delle varie osservazioni effettuate con il georadar aveva mostrato che l'anomalia semisferica nel sottosuolo era un'*impronta*, cioè il residuo di un evento verificatosi circa duemila anni prima, per cause misteriose.

Dellas, tornato ad Atene per occuparsi della questione assieme a un collega giunto dal MIT di Boston, spiegò in una lunga telefonata a Rissas che, secondo i suoi calcoli, era plausibile che la sfera rappresentasse il punto d'incontro tra due universi con andamento temporale divergente.

L'esempio che fece fu quello di una schiuma, costituita dagli infiniti universi che compongono il cosiddetto *multiverso*, nella quale due bollicine finiscono per un attimo col compenetrarsi.

Conclusosi il fenomeno, uno dei due universi poteva essersi ritirato, lasciando un residuo nell'altro *continuum*.

Secondo una delle ardite teorie elaborate dai due scienziati seguaci di Kip Thorne, fisico del Caltech di Pasadena, l'anomalia poteva essere stata generata dalla collisione della Terra con un *wormhole* o con un grumo di materia esotica di dimensioni nanometriche. I due studiosi non erano ancora riusciti a spiegare, però, come la singolarità avesse potuto espandersi a dimensioni tali da inglobare due porzioni di universo e gli esseri che le abitavano, nella fattispecie il rettile preistorico e il legionario romano.

L'attrezzatura che stava per sbarcare dall'elicottero non era altro che una sofisticata antenna per la misurazione delle onde gravitazionali, costruita secondo un progetto dell'Istituto Italiano di Fisica Nucleare. Il delicato meccanismo interno terminava con un puntale che sarebbe stato super-raffreddato con elio liquido fino a raggiungere una temperatura prossima allo zero assoluto. In tali condizioni termini come "tempo" e "spazio" tendono a confondersi.

L'antenna sarebbe poi stata posizionata nel centro teorico dell'anomalia geologica. La speranza dei ricercatori era che fosse presente ancora un'eco della risonanza che aveva portato i due universi a coesistere. Ogni minimo segnale captato sarebbe stato inviato in tempo reale al supercomputer situato nel Centro di Elaborazione della Facoltà di astrofisica, ad Atene. I risultati sarebbero stati in grado, forse, di dimostrare la teoria di Dellas, anche se l'analisi dei dati avrebbe richiesto molti anni. Papas stava tracciando con il teodolite da campo le coordinate sul terreno per le fondamenta della struttura; una betoniera e due camion carichi di travature d'acciaio erano appena giunti all'ingresso della recinzione.

Rissas osservava il cielo, preoccupato per le pessime previsioni meteorologiche. Sarebbe stato un miracolo realizzare l'impianto e le rilevazioni nel breve periodo di tempo che restava.

CAPITOLO 10

Il primo giorno dall'arrivo dell'attrezzatura vennero realizzate le fondamenta e montata la struttura reticolare in acciaio che doveva sostenere l'antenna. Due giorni dopo fu installato un collegamento con la rete ad alta tensione, passante a cinquecento metri di distanza, che sarebbe servito ad alimentare l'impianto.

In altri tre giorni, lavorando senza sosta in tre turni di otto ore, i tecnici riuscirono ad assemblare e verificare l'impianto dell'antenna, denominata "OLIMPO 2".

Il giorno restante venne utilizzato in buona parte per effettuare il collegamento a banda ultralarga per la trasmissione dei dati del rilevamento ed effettuare gli ultimi collaudi.

Da ovest stava arrivando una perturbazione che il servizio meteo preannunciava come una burrasca che avrebbe provocato venti a trenta nodi e pioggia battente.

Rissas, se da una parte era soddisfatto dell'andamento dei lavori, un'efficienza che in Grecia sarebbe stata considerata sovrumana, d'altro canto era inquieto per l'approssimarsi della scadenza dei termini dell'ordinanza comunale.

Si recò da Dellas, rinchiuso da dodici ore nel piccolo laboratorio da campo contenente l'interfaccia con il programma OLIMPO 2, per confidargli le sue preoccupazioni.

Dellas, chino sulla tastiera del computer, non sollevò neppure la testa per rispondergli ma, forse per nascondergli l'imbarazzo che provava, mormorò: "Caro dottor Rissas, spero che mi perdonerà..."

"Perdonarla? E per cosa?" rispose stupito l'archeologo.

"Io e il professor Brown, del MIT di Boston, abbiamo ehm... per così dire... approfittato della situazione per effettuare un esperimento."

Rissas passò in un attimo dallo sbigottimento alla rabbia: "Un esperimento? Di che genere? Perché non mi avete messo al corrente di questa vostra decisione? Sapete benissimo in che situazione complicata mi trovo. Ho bisogno di tempo per ultimare i miei scavi e i vostri dati potrebbero convincere le autorità che questo sito scientifico di importanza nazionale dovrebbe..."

"Non si arrabbi, Rissas. L'esperimento che intendiamo attuare durerà un attimo infinitesimale, ma avrà effetti duraturi sulle sue ricerche. Intendiamo riattivare la singolarità spazio-temporale che ha aperto un collegamento tra i due universi."

Rissas si rese conto che era rimasto per diversi istanti con la bocca aperta. Non riusciva a crederci: "Ma si rende conto di quello che stiamo rischiando? È questione di poche ore, poi riceveremo la visita di un bel comitato di forze dell'ordine pronte a farci sbaraccare, e noi ci ritroveremo solo con qualche osso e una montagna di soldi da restituire all'Università di Atene per il noleggio delle attrezzature."

Per tutta risposta Dellas si rialzò dalla sedia girevole e si aggirò per il laboratorio a controllare i monitor sparsi su tutta la parete e lo stato delle attrezzature. Poi si portò di fronte a Rissas. Aveva borse sotto gli occhi e lo sguardo spiritato: "Ha ragione, non c'è tempo. È proprio il tempo il nostro nemico, con i suoi segreti, la sua entropia. Sarà il tempo ad averla vinta sull'universo? Possiamo controllarlo? Si rende conto che tra poco noi saremo in grado di dare forse una risposta a questi interrogativi? Si scuota, Dragan. I suoi reperti sono solo la punta dell'iceberg. Qua sotto c'è qualcosa... un'entità che sfida le leggi quantistiche e la nostra intelligenza. Intende rispondere a questa sfida, lei che ha già dimostrato di essere uno che non si tira indietro?"

Rissas restò per un attimo interdetto. La memoria tornò al momento in cui lui e sua moglie erano ancora felici. Durante una delle numerose spedizioni in Europa centrale, quando furono sorpresi dall'onda di piena di un torrente sulle Alpi e riuscirono per un soffio a issarsi su dei massi, Christiana gli aveva confidato che non le importava nulla di morire, a patto che questo avvenisse mentre compiva il suo lavoro, che era anche la sua passione. Rissas all'inizio era rimasto sorpreso da questa affermazione prematura, poi si era reso conto che spesso le loro missioni li ponevano di fronte a grandi rischi, i più svariati, come malattie tropicali, attentati da parte di integralisti, tempeste e altro.

A quel punto si complimentò mentalmente con se stesso per aver scelto una donna sì di bell'aspetto, ma anche sensibile e profonda.

Pure questa volta chiese aiuto alla moglie in cielo, e immaginò subito la risposta: che senso aveva la ricerca se poi si rinunciava a fare il passo che poteva portare su un trampolino lanciato verso il futuro?

"E sia" sospirò l'archeologo, "mi auguro che sappia ciò che fa."

Dellas convocò una riunione con tutto il personale per illustrare l'esperimento che fino a quel momento era rimasto segreto.

Venne utilizzato il locale mensa, l'unico che avesse un po' di spazio a disposizione.

Fuori il cielo si era fatto plumbeo e il forte vento cominciava a portare grosse gocce di pioggia.

La lavagna per gli avvisi al personale venne spostata e utilizzata dal professore per illustrare meglio la conferenza.

Quando tutti furono presenti, stipati all'inverosimile sulle sedie insufficienti e appoggiati alle pareti della baracca, il fisico iniziò il discorso.

"La prima fase del programma OLIMPO 2 prevede la rilevazione e l'analisi del microcampo gravitazionale attorno alla singolarità, posto che questa non sia completamente evaporata nel corso di questi ultimi duemila anni."

Chissà se era questo l'"alito del drago" della leggenda; quello che ha impedito la coltivazione di queste terre, pensò Rissas.

"La seconda parte del programma consiste in un esperimento, che chiameremo 'BLACK BUBBLE', per il quale immetteremo energia all'interno del sistema d'antenna OLIMPO 2 in modo da creare un campo che, agendo su una nuvola di atomi di potassio, ridurrà la temperatura a un livello inferiore a quello dello zero assoluto, invertendo in questo modo lo stato d'entropia della singolarità. Se l'esperimento avrà successo, potremmo generare un campo sferico entro il quale sarà possibile avere accesso a un universo parallelo, uno degli infiniti universi che compongono la schiuma del multiverso."

Nella sala non volava una mosca. O i partecipanti ritenevano Dellas un pazzo e per questo si guardavano dal contraddirlo, oppure erano talmente meravigliati da aver perso la favella.

Alcuni di quelli appartenenti al primo gruppo però trovarono il coraggio di obbiettare, al che Rissas e il geologo Mallis risposero con un accorato discorso sulle nuove frontiere della ricerca e sulla necessità di superare i propri pregiudizi.

"Mi spiace, ma io non ci sto. Non voglio rovinare il mio *curriculum* per colpa di un visionario come questo… questo professor Dellas. Rassegno le dimissioni e me ne torno all'Università" proferì uno degli studenti.

"Se vuole andarsene, la capisco e in un certo senso la appoggio. C'è qualcun altro che vuole seguirlo?" chiese Rissas.

Altri tre studenti si alzarono e uscirono col primo a preparare le valigie.

"Forse hanno già sentito odore di rogne in arrivo", pensò l'archeologo.

Nessun altro, però, si dimostrò contrario a restare, anche se molti posero un'infinità di domande al professore.

Ma il tempo stringeva e Dellas chiuse sbrigativamente il dibattito, mandando i tecnici e gli studenti volontari ai posti prestabiliti.

All'uscita della baracca li accolse un forte scroscio di pioggia e il rombo di un tuono.

CAPITOLO 11

Nel piazzale al centro del paese erano già schierate quattro auto della vigilanza comunale e il fuoristrada del sindaco.

Il giovane assistente di Zagaris stava salendo le scale per portargli la valigetta dei documenti.

Il sindaco, visibilmente nervoso, la prese poi chiese: "Hai visto se sul cruscotto c'era la mia chiavetta della macchina del caffè?"

"Sinceramente, signor sindaco, non ho nemmeno guardato... Ho cercato di essere il più celere possibile" e abbassò lo sguardo un attimo, prima di illuminarsi: "Ma se vuole un caffè freddo o un thè, glielo offro io volentieri..." disse mostrando la sua.

Il sindaco tracimò: "Ma come ti permetti, figlio di un mandriano! Se lavori qui è solo perché l'ho deciso io, coglione. Cosa credi, non sono un morto di fame come te, io i soldi per un thè o un caffè freddo li ho. Se avessi voluto che tu mi offrissi qualcosa te lo avrei chiesto. Adesso muovi il culo e vai a portare in segreteria questa lettera, intanto che io vado da quei maledetti *scavaossi* per cacciarli a pedate."

A quelle parole, il giovane scomparve come risucchiato da una mano invisibile.

Il sindaco, pregustando il sapore della vendetta, uscì in piazza accolto da una folata di vento e, dopo aver ricambiato malvolentieri il saluto degli otto vigili urbani che lo attendevano, entrò in una taverna a farsi un frappè prima di partire per il sito archeologico.

A due chilometri di distanza l'attività frenetica di decine di tecnici e volontari aveva dato luogo a una struttura che sembrava uscita dall'incubo di un elettrotecnico.

Un traliccio alto dieci metri, circondato da un dedalo di tubi, cavi e generatori era sorto a poca distanza dal luogo in cui si era consumato il *giallo di S. Giorgio*.

Gli scheletri del *Quetzalcoatlus* e del legionario erano stati confinati, assieme allo spesso strato di terreno che li conteneva, in un parallelepipedo di acciaio, dopodiché erano stati issati fuori dal perimetro dello scavo e messi al riparo sotto una tettoia di ferro.

Sporadiche raffiche di pioggia sferzavano

le persone che correvano indaffarate tutt'intorno alla struttura e sui tecnici che stavano chini sulle tubazioni elettriche e idrauliche.

Nubi grigie e sfilacciate correvano a bassa quota, simili a una cappa opprimente di fumo.

Rissas fissava in continuazione la direzione dalla quale si aspettava sarebbero giunte le forze dell'ordine chiamate da Zagaris.

Sospirò nervosamente alla vista del solito fuoristrada che precedeva ben quattro auto bianche con striscia blu.

Chiamò a sé Dellas e Mallis, sperando di trovare un pretesto per prendere altro tempo.

Anche il fisico prese nota dell'arrivo del gruppo: "Ci serve ancora poco tempo, circa mezz'ora. Potete impegnarli per un po'?"

"Non so… penserò a qualcosa."

Il primo a fermarsi fuori dalla recinzione fu il fuoristrada nero del sindaco, inzaccherato fin sul cofano a causa della velocità con cui aveva affrontato il viaggio.

Zagaris, accertatosi che le auto dei vigili si fossero arrestate a ventaglio dietro di lui come aveva ordinato, scese dalla vettura esibendo un paio di stivali di gomma sopra i costosi pantaloni di fattura italiana.

Rissas lo aspettava dietro il cancello, che

aveva chiuso con il catenaccio.

"Benvenuto, signor sindaco. Non mi aspettavo una sua visita, con questo tempaccio."

"Non dica fesserie, dottore. Mi spieghi, cosa avete tirato in piedi là in fondo? Anzi, spieghi a questi pubblici ufficiali cos'è questo… questo impianto costruito senza uno straccio di permesso?"

"Il permesso è stato regolarmente presentato stamattina, ma forse lei era troppo impegnato per averlo notato."

"Poche storie, ci apra il cancello, in modo che possiamo notificarvi lo sgombero e farvi sloggiare."

"Accidenti!" Rissas, con fare casuale, si batté una mano sulla fronte. "Devo aver smarrito le chiavi del lucchetto che blocca il catenaccio. Sono costretto a chiedervi di ricorrere a delle cesoie per tagliare la catena. Io purtroppo non ho con me questo tipo di attrezzatura."

Zagaris strinse i denti in una smorfia d'odio: "Che squallido espediente…" poi si girò verso il comandante dei vigili: "Avete portato con voi un attrezzo per tagliare questa maledetta catena?"

Al cenno di diniego del comandante il

sindaco andò su tutte le furie, urlando e gesticolando fino a scagliare l'ombrello nel fango
a cinque metri di distanza.

Rissas si sarebbe messo volentieri a gon-
golare, ma preferì dirigersi verso il laboratorio di Dellas per verificare a che punto era
l'esperimento BLACK BUBBLE.

"Ancora un quarto d'ora, i livelli di energia che abbiamo richiesto alla rete elettrica
crescono molto più lentamente del previsto. È
riuscito a tenere a bada quello scimmione?"

"Penso di aver guadagnato proprio quel
quarto d'ora che le serve."

Intanto l'archeologo osservava la schiera
di monitor e di tastiere che circondavano la
postazione di Dellas.

Curve, diagrammi e colonne di cifre di
vari colori creavano una confusione infernale
e disorientante per una persona normale. Ma
Dellas dava l'impressione di tenere tutto sotto
controllo, coadiuvato da quattro tecnici stretti
spalla a spalla nell'angusta baracca.

L'archeologo si chiese come potesse
quell'ometto, che non chiudeva occhio da
quarantott'ore e che aveva mangiato solo
qualche panino avvizzito dal caldo, conserva-
re ancora tutta quell'energia.

Gli ultimi quindici minuti sembrarono interminabili, mentre BLACK BUBBLE all'esterno non dava nessun segno visibile della sua attività. Solo i tubi che convogliavano l'elio liquido all'interno del sistema di refrigerazione apparivano adesso coperti di brina.

Rissas, teso all'inverosimile, sussultò quando venne chiamato da Papas: "Dottor Rissas, sono tornati. E sembrano ancora più incazzati."

"Come previsto" rispose, con un sorriso sardonico.

Appena allungata la testa fuori dalla porta, vide irrompere nel perimetro del sito, la squadra di vigili, che si divisero in modo da spingere lontano il personale di supporto e gli studenti.

Molti di questi ultimi si sdraiarono per terra, in mezzo al fango, per opporre resistenza passiva.

Bravi ragazzi, ben addestrati nei centri sociali" pensò l'archeologo, poi tornò dentro.

Dellas ora sudava copiosamente: "A che punto sono i livelli energetici?" chiese a un'assistente.

"Troppo bassi, pare che la rete non riuscirà a supportare il carico richiesto dall'esperimento. Rischiamo di creare un *blackout* e lasciare Kopanaki senza energia."

"Non importa, se tutto va bene sarà un'interruzione di breve durata. Le telecamere esterne sono attive e con le batterie cariche?"

"Sì, professore."

"E i livelli di umidità e pressione atmosferica?"

La porta si spalancò con violenza e irruppe una furia umana:

"Cosa state combinando qui? Adesso spegnete tutto, è un ordine!"

Dellas e Rissas si voltarono contemporaneamente verso Zagaris, che con la sua mole faticava a entrare nel piccolo laboratorio.

Il fisico, dopo la sorpresa iniziale, tornò a occuparsi febbrilmente delle apparecchiature. Rissas si pose innanzi al sindaco: "Cerchi di capire, stiamo per effettuare un esperimento molto importante che..."

"Cosa? Chi vi ha dato il permesso di fare tutto questo? Vi ho dato un *ultimatum*, c'è un'ordinanza che mi dà diritto di farvi chiudere questo campo e non dovete discutere. Ora qui comando io! Comandante, faccia uscire tutti da qui."

Due vigili intimarono agli assistenti di uscire, e Dellas diede loro il permesso di congedarsi.

Il fisico si rivolse infine a Zagaris: "Signor sindaco, capisco di avere abusato della sua pazienza, ma ora l'esperimento BLACK BUBBLE è in fase troppo avanzata. È stata avviata una procedura automatica che convoglierà energia in questo apparato. Presto accadrà un evento particolare, a poca distanza da qui e a centocinquanta metri di profondità. Sa cos'è una singolarità?"

"Non lo so e non mi interessa, siete solo degli ignoranti che se ne fregano dei soldi buttati via per i loro pasticci, la gente non ha bisogno di queste diavolerie. È più utile la mia discarica."

"In fatto di ignoranza potremmo discuterne, ora però mi lasci lav… *off*!"

Zagaris, perse completamente le staffe, strattonò in malo modo Dellas, mandandolo a terra.

Rissas reagì d'istinto cercando di soccorrere l'anziano professore, ma distolse l'attenzione dal sindaco che, nel frattempo, prese a colpire con i pugni i monitor e con una sedia il server dei dati.

"Fermo, non lo faccia!" Dellas, inorridito, stava con un braccio alzato inutilmente in un gesto di supplica, mentre con l'altra mano si toccava una ferita sanguinante sulla nuca: aveva battuto la testa.

Rissas si rialzò, tentando di mettere le mani addosso a Zagaris, ma questi era troppo massiccio.

Scollatosi di dosso l'archeologo come se fosse un pupazzo, il sindaco continuò lo scempio dei computer finché una scintilla scaturita da un gruppo di continuità scatenò un piccolo incendio.

In poco tempo la baracca si riempì di un fumo acre che mise in fuga i tre occupanti.

Appena fuori Zagaris inciampò e finì pancia a terra, scivolando sul fango.

Atterrito, Rissas notò che ormai il campo era deserto; i vigili erano riusciti a sgomberarlo, alla fine. Attendevano solo che il primo cittadino completasse il lavoro, evidentemente lasciandogli la parte che si era riservato con soddisfazione, cioè cacciare il capo archeologo.

Un lampo seguito da un forte boato indicò che il temporale era ormai molto vicino.

Le nubi erano talmente scure da apparire violacee, e Rissas si chiese se quel traliccio alto dieci metri, solitario, in mezzo alla Piana del Drago non potesse...

CRACK!

Un fulmine colpì proprio in quel momento l'impianto, creando un bagliore accecante e un'enorme cascata di scintille.

"Misericordia!" urlò Zagaris.

"Cavolo" esclamò l'archeologo, guardando il professor Dellas.

Questi, sbigottito, si avvicinò al traliccio, come in trance:

"No… Un sovraccarico… Il picco di energia ha attivato la singolarità…"

Rissas, mezzo assordato dal tuono, capì solo l'ultima parola, prima di accorgersi che l'aria davanti a lui, nella zona degli scavi, si era fatta più densa… più opaca… vedeva qualcosa attraverso quella che sembrava una cupola trasparente che emergeva dal terreno.

La cupola tremolante si stava allargando rapidamente ma… ora Rissas capiva.

Si trattava della parte superiore della sfera, l'anomalia temporale.

E dentro… sì, dentro potevano vedere piante, felci arboree e angiosperme che prima non c'erano.

E in mezzo alle felci… sì, c'era un piccolo dinosauro, non poteva sbagliarsi, era un *velociraptor che inseguiva una preda.*

La sfera si stava espandendo a una velocità formidabile, venendogli incontro. Non ce l'avrebbe mai fatta a fuggire.

Ma poi, perché fuggire? Non era quello, il mondo che aveva sempre sognato di esplorare? Se proprio avesse dovuto morire, preferiva farlo come l'amata moglie, nel pieno del lavoro che era anche la sua passione.

Zagaris, inzaccherato fin sopra le orecchie, non riuscì a tirarsi in piedi in tempo dal fango, e Kostis Dellas era troppo rapito dall'estasi per reagire.

Tutto iniziò e finì in pochi minuti.

Due anni dopo, nel nuovo ufficio turistico di Kopanaki la giovane direttrice Vana Miras, ex impiegata comunale, stava consultando le statistiche del flusso di persone che erano giunte in un anno per ammirare il sito della Piana del Drago.

Cinquecentomila turisti avevano visitato l'Anomalia, come ormai era chiamato il cratere dal fondo perfettamente emisferico profondo centocinquanta metri, nel quale erano scomparse tre persone importanti: un archeologo, uno scienziato e il sindaco della cittadina.

Nella piazza del paese era stato eretto un gruppo scultoreo, in loro memoria: era una libera interpretazione dei personaggi creata da un'artista di Kopanaki basandosi sul carattere dei tre.

Il fisico Dellas era stato ritratto in piedi con il braccio destro disteso ad indicare qualcosa di lontano, come una sorta di moderno Cristoforo Colombo. L'archeologo era raffigurato come un antico eroe romano intento a combattere con un mostro preistorico alato dal becco spalancato e irto di denti. Il terzo, cosa che provocò non poche polemiche, era invece sdraiato sulla pancia con un'espressione terrorizzata dipinta sul volto.

A poca distanza dal cratere era visibile il nuovo cantiere per la costruzione di un grande albergo di lusso, un investimento di una *holding* finanziaria che, subito dopo gli avvenimenti della Piana, aveva intuito il potenziale economico dell'Anomalia grazie al flusso turistico. Il progetto della discarica venne abbandonato quasi istantaneamente per mettere in bilancio l'acquisto di vaste porzioni di terreno apparentemente improduttivo attorno al cratere. Era già in embrione l'idea di costruire un parco divertimenti a tema che avrebbe portato enormi ricavi nel medio e lungo termine. E cominciarono a girare le prime bustarelle.

CAPITOLO 12

A Boston, nel Dipartimento di Fisica del Massachusetts Institute of Technology, Lucia Fermi era seduta di fronte alla scrivania del prof. Philip Brown, ordinario di fisica nucleare. L'arzillo sessantacinquenne, ben rasato e con indosso un impeccabile doppiopetto grigio, aveva la particolarità di portare sempre in testa un berretto biancoverde dei Boston Celtics con impresso il tradizionale stemma del *leprechaun*[1]. Su tre lati dello studio imperavano enormi librerie colme di volumi che spaziavano dalla Teoria della Relatività Generale a una collezione dell'Isaac Asimov Science Fiction Magazine, da manuali di calcolo tensoriale applicato alla fisica quantistica a saggi di Stephen Hawking sulla radiazione termodinamica dei buchi neri. I due stavano lavorando all'elaborazione di una teoria altamente innovativa sulla creazione di falle spazio-temporali generate da alterazioni gravita-

---

[1] Folletto della tradizione irlandese

zionali.

Dopo la scomparsa del fenomeno che aveva lasciato dietro di sé il cratere dell'Anomalia, Lucia era riuscita a tornare sul sito e recuperare nella baracca di Dellas i server dati bruciati dall'incendio.

Aveva poi contattato una ditta specializzata nel recupero di *hard disk* danneggiati che, con non poca fatica, era riuscita a estrarre i dati del progetto BLACK BUBBLE.

Per realizzare il progetto di ricerca era necessario ottenere dei finanziamenti, perciò avevano creato una *startup* e una raccolta di fondi su internet. Le conoscenze di Brown nel campo accademico e politico avevano attratto l'attenzione di potenziali sponsor e incubatori di idee, tra cui nientemeno che la NASA.

Nel piano di lavoro era prevista la costruzione di una nuova antenna di tipo OLIMPO per realizzare, nel giro di qualche anno, un esperimento in grado di aprire un portale verso un altro universo.

La squadra di esperti stava tentando di calcolare l'onda di frequenza sulla quale viaggiava l'esistenza del *continuum* alternativo, quello nel quale erano scomparsi Rissas e gli altri.

Era altresì un mistero la scomparsa della

materia che costituiva la "sfera" composta di terra e aria che aveva lasciato al suo posto l'imponente cratere divenuto un'attrazione turistica.

Lucia nutriva una speranza, anche se si guardava bene dall'esprimerla ad alta voce: trovare e recuperare i tre dispersi.

Secondo Brown, infatti, la mancanza di materia poteva rappresentare un fattore a favore delle ricerche.

La sfera non avrebbe potuto coesistere con una stessa quantità di volume in un medesimo spazio, poiché sarebbe stato contrario alle leggi della fisica.

Era forse possibile, invece, che la sfera fosse immobilizzata in un *continuum* intermedio ultra-stabile dal punto di vista temporale.

"Dobbiamo fare in modo di intersecare il "momento zero", cioè l'esatta posizione temporale in cui ha avuto inizio la singolarità" disse Brown, indicando con un laser un diagramma proiettato sulla parete della sala riunioni.

Dietro di lui l'équipe, formata da otto ricercatori tra i più brillanti nelle loro materie e provenienti da cinque paesi del mondo, seguiva con attenzione la spiegazione della linea d'azione che avrebbero dovuto seguire nei successivi mesi.

Lucia si trovava in prima fila, con un paio di occhiali sulla punta del naso e l'aria assorta.

Brown proseguì: "La frequenza del *continuum intermedio*, che sarebbe più corretto definire *brana intermedia* viaggia su una ciclicità che non siamo ancora stati in grado di rilevare. Se però riusciremo a riprodurre con l'antenna OLIMPO 3 le condizioni iniziali potremmo accedere alla singolarità sferica per risintonizzarla con la nostra realtà."

Si alzò una mano per chiedere attenzione. Era Singh, il matematico di Nuova Delhi: "Dato l'enorme *range* di frequenze da rilevare, come intendete procedere? Io proporrei di chiedere alla NASA l'utilizzo del loro supercomputer Columbia. Coi suoi diecimila processori potrebbe far fronte alla potenza di calcolo richiesta da una simile operazione."

"Faremo di meglio, Dott. Singh. Ho presentato richiesta formale al Quantum Intelligence Lab in California di prestarci il prototipo del D-Wave, il primo, e per ora unico, computer quantistico. I suoi processori a matrice di diamante sono gli unici a reggere il carico di lavoro in tempi contenuti."

Tra i componenti della squadra si levò un brusio di sorpresa e di incredulità.

Intervenne di nuovo Singh: "Ma non è possibile, la tecnologia è ancora in fase sperimentale. Insisto sulla mia proposta."

La discussione prese le due ore seguenti, con voci di varie branche che si alternavano a prendere posizione, chi a favore e chi contro la decisione del prof. Brown.

La questione fu messa ai voti, e per un solo braccio alzato in più vinse la proposta di Brown.

Passarono altri sei mesi prima che giungessero nuovi fondi e si potesse dare il via all'operazione di recupero.

Si trattava di un'impresa senza precedenti, la prima che vedesse l'uomo avventurarsi non attraverso lo spazio e le sue distese infinite, ma attraverso un altro mare: quello del tempo.

La mobilitazione dei media e quindi dell'interesse pubblico fu calamitata dall'evento, facendo addirittura passare in secondo piano la guerra in Siria e un terribile attentato terroristico in Iraq.

Orde di giornalisti e cameramen seguirono ogni giorno, passo passo, la costruzione del sistema d'antenna OLIMPO 3, una struttura a forma di ragnatela sospesa un centinaio di metri sul cratere lasciato dalla singolarità sferica, che nel frattempo si era trasformato in un piccolo lago.

Lucia osservava alla luce del tramonto gli operai in tuta azzurra e caschetti di vari colori lavorare sulle impalcature dell'antenna. Con l'arrivo del buio vennero accese delle potenti luci fotoelettriche, che illuminavano la zona a giorno.

Lo sforzo di coordinare le varie squadre e smistare i vari documenti e rapporti l'avevano sfinita. Alcune piccole righe segnavano ora il contorno dei suoi occhi.

Il tempo passava, gli ostacoli non finivano mai e i costi parevano lievitare sempre più. Erano giunti alla colossale cifra di ottocento milioni di dollari, gran parte dovuti al noleggio intensivo del supercomputer quantistico.

Ma era determinata, nonostante le polemiche e i dubbi che l'assillavano sull'efficacia del sistema d'antenna, a riportare indietro Dragan Rissas e gli altri.

CAPITOLO 13

L'antenna OLIMPO 3 lavorava ormai da quattro settimane. Collegata al supercomputer D-Wave aveva il compito di analizzare milioni di frequenze fino a trovare una risonanza con quella che caratterizzava la *brana mediana*. Era un lavoro colossale, che richiedeva una potenza di calcolo superiore a 150 Tera-Flops, cioè 150 moltiplicato per 10^{12} operazioni al secondo.

Sembrava non si venisse a capo di nulla.

Dopo l'ennesima interpellanza parlamentare al senato greco da parte del partito d'opposizione, che chiedeva fino a quale cifra erano disposti a spendere gli scienziati del Dott. Brown prima di cedere le armi, il ministro dell'interno si fece vivo presso il centro ricerche della Piana del Drago per far sentire la propria pressione al direttore dell'équipe.

A Lucia, vedere il corteo di "auto blu" dirigersi dalla strada, ora asfaltata, verso le strutture del campo base diede una sensazione di *deja vu*, che servì ulteriormente ad acuire il senso di nostalgia nei confronti di Rissas.

Pochi minuti dopo venne convocata con una telefonata alla riunione dei dirigenti del progetto.

"Dott. Brown, mi auguro comprenda che non è possibile continuare a spendere all'infinito i soldi dei contribuenti. Siamo alle prese con la crisi economica più grave della nostra storia e non possiamo pretendere che l'opinione pubblica sopporti ancora a lungo l'attesa degli esiti di questo esperimento…" disse il ministro, un affabile signore di mezza età con una barba corta e ben curata da *hipster*.

"Vorrei far notare che non sono tutti soldi dei contribuenti greci, quelli che stiamo utilizzando, ma gran parte dei fondi provengono da contributi del governo americano, della commissione europea, da sponsor privati e soprattutto industrie ad alto tasso di innovazione che vedono un investimento in quello che stiamo facendo. Un esperimento come questo avrà delle ricadute tecnologiche ed economiche inimmaginabili se…"

"*Se*! Scusi l'interruzione, ma la parola magica l'ha appena pronunciata lei: *se*. Deve rendersi conto che questa storia non può continuare all'infinito. Dobbiamo porre un termine, o presto cominceremo a veder volare qualche bottiglia *molotov* da parte di manifestanti scalmanati. Già i nostri servizi segreti stanno cominciando a sentire voci di protesta tra i sostenitori del partito ultra-nazionalista."

Brown sospirò. Diede un rapido sguardo a Lucia Fermi, che rimase impassibile. Poi si rivolse di nuovo al ministro: "Chiedo ancora tre settimane, se è possibile. Sono sicuro che entro tale termine riusciremo a compiere l'impresa."

"Mi dispiace, ma sono costretto a concedergliene solo due. È il presidente stesso che mi ha fatto pressione per concederle solo quel termine. E non intendo tornare dal "grande capo" e prendermi una lavata di testa per lei, scusi la franchezza, dottore."

"Capisco." Concluse semplicemente Brown.

Ancora una volta ai ferri corti, pensò Lucia. *Sempre sul filo del rasoio, sempre con una spada pendente sulla testa.*

Si alzò dal tavolo delle riunioni e uscì contrariata, senza salutare nessuno.

Uscì dal centro ricerche e percorse a piedi i seicento metri che la separavano dal museo archeologico.

Ci sarà pure un modo per velocizzare la

ricerca, rifletté mentre dall'atrio principale entrava nella grande sala centrale.

Quest'ultima era ispirata architettonicamente al Museo delle Scienze di Trento, in Italia.

Una serie di balconate alta tre piani circondava un'enorme hall illuminata dall'alto grazie a un lucernario in cristallo ampio quasi cento metri quadri.

Al di sotto, sospeso a sessanta fili in acciaio sottilissimi, troneggiava il maestoso scheletro del *Quetzalcoatlus*.

Si trovava a cinque metri di altezza e, con la testa leggermente reclinata a sinistra e verso il basso, sembrava osservare sotto di lui lo scheletro, apparentemente fuori contesto per chi non avesse conosciuto le vicende svoltesi sulla Piana del Drago, di un soldato romano dotato di lancia e loriche sulle spalle.

Lucia, che ogni volta sentiva gli occhi inumidirsi dall'emozione davanti a quello spettacolo, non poté fare a meno, anche in quell'occasione, di soffermare lo sguardo all'incisione della costola del grande rettile.

In quel momento sentì qualcosa frullarle nel cervello, un suggerimento inconscio che poteva aiutarla a risolvere l'*empasse* del progetto.

Tornò all'appartamento, o meglio al bugigattolo che aveva preso in affitto in un piccolo condominio a Kopanaki.

Fece una cena frugale, lesse alcuni manuali che si portò nel letto, il tutto senza smettere di tenere una parte della mente ancorata a quel pensiero che la assillava ma che non riusciva a portare alla superficie.

Alle quattro e mezza, dopo la centesima volta che si rigirava sul materasso senza riuscire a prendere sonno, venne colta dall'ispirazione. Capitava spesso che, nel dormiveglia venisse presa da un fiume di associazioni di idee, che continuava a rimescolare inesorabilmente ricordi, immagini ed emozioni vissute durante la giornata.

Il drago alato, che poi non era altro che un rettile preistorico... il costato segnato da una scheggia... un frammento di lancia... la punta di metallo...

Come una serie di tessere di mosaico che giravano casualmente una attorno all'altra, due di queste finirono per combaciare.

"Ho trovato!" esclamò, saltando a sedere sul letto.

La scheggia... il metallo, ecco la risposta! Pensò, mentre il cuore accelerava i battiti a mille.

Si rivestì in tutta fretta e corse nella frizzante aria mattutina verso l'auto, per recarsi al centro ricerche.

CAPITOLO 14

Giunta al container dove riposava il Dott. Brown, sempre in condizione di reperibilità, si mise a picchiare sulla porticina fino a quando l'assonnato scienziato le aprì, con sguardo interrogativo.

"Dottore, ho bisogno di parlarle, è urgente."

"Ma mia cara, non potevi aspettare qualche ora? Sono andato a letto all'una, stanotte…"

"No, Philip, ogni minuto risparmiato è prezioso. Convochi subito una riunione con il resto dell'équipe, devo illustrare un'idea che potrebbe velocizzare la ricerca della *brana intermedia*."

Lucia spiegò a grandi linee il principio da seguire, mentre Brown ascoltava attentamente.

"La tua idea mi sembra un po' semplicistica, però non me la sento di scartarla a priori. Sarà necessario analizzarla e tradurla in termini di fattibilità."

L'anziano scienziato rimase un paio di minuti buoni a rimuginare, con Lucia che stava sulle spine a osservarlo mentre scriveva appunti su un blocco e faceva calcoli con una consunta calcolatrice scientifica.

"Penso ci vorrà il parere del nostro esperto di cibernetica e dovremo inviare un'ulteriore richiesta di strumentazione tecnica all'università di Atene. Mi pare già di sentire le imprecazioni del rettore, il quale a sua volta dovrà ascoltare quelle del sottosegretario agli interni. Però secondo me può andare. Brava Lucia, passiamo all'azione!"

La ricercatrice saltò addosso in modo poco professionale al compassato professore: "Grazie, le sono infinitamente debitrice."

Fu necessaria mezz'ora di telefonate infarcite di brontolii e polemiche da parte degli assonnati ricercatori, ma tutti infine si presentarono attorno al tavolo della sala meeting.

Prese dapprima la parola il Dott. Brown, che illustrò sommariamente l'idea dell'archeologa italiana.

"Si tratta di integrare la ricerca della frequenza associando all'antenna un generatore di campi magnetici e un magnetometro; un *metal detector*, in poche parole.

Siamo partiti dall'assunto che nella singolarità non esistano altri oggetti metallici di una certa consistenza se non quelli presenti addosso agli scienziati. Se noi allargassimo i parametri di ricerca aggiungendo la presenza di metalli nelle migliaia di brane prese in esame e inserissimo un *alert* che bloccasse ed evidenziasse la giusta frequenza di risonanza, potremo avviare il processo di accensione dell'antenna OLIMPO e generare la singolarità."

Si accese un frastuono di voci che parlavano contemporaneamente, esperti di fisica si levarono in piedi per superare il livello sonoro dei colleghi che erano rimasti seduti. Singh, il matematico che pareva sempre fare opposizione a tutte le proposte, minacciò le dimissioni dal gruppo.

Furono necessarie tre ore perché dal caos si passasse a una discussione più pacata, e da questa a un esame prima teorico e poi pratico delle implicazioni. Poco alla volta, convinti che nulla di quello che si stava praticando faceva ormai parte dell'ordinario, ma che da tempo si stavano immischiando con lo straordinario, gli scienziati diedero forma e concretezza alla strumentazione che avrebbe tentato di restituire al nostro universo la sfera bloccata nel tempo.

Dopo una settimana l'impianto era pronto e fu di nuovo avviata la scansione delle frequenze.

Passarono altri cinque giorni di calcoli febbrili e altre due e-mail di "minaccia" da parte del preside dell'Università di Atene e dal Ministero. L'ultima non era affatto tenera. Entro due giorni avrebbero dovuto spegnere tutti gli impianti e cominciare a smantellare le strutture, pena denuncia presso l'Autorità Giudiziaria per spreco di denaro pubblico.

Alle due di quella stessa notte, però, l'intuizione di Lucia Fermi parve azzeccata.

Un allarme fece sobbalzare il tecnico di turno alla postazione di controllo del D-Wave.

Prese istantaneamente il telefono e avvertì Brown: "Abbiamo un contatto! Il computer ha bloccato la ricerca su una frequenza."

La linea di comando diramò gli ordini necessari e il complesso sistema di macchinari si mise in moto.

Nella sala comandi del centro ricerche le postazioni di computer e i mega-schermi LCD disposti ad arco sulla parete di fondo ricordavano molto da vicino il centro di controllo di una missione spaziale.

Era finalmente giunto il momento cruciale.

Il Prof. Brown e Lucia Fermi assistevano da una postazione sopraelevata, dalla parte opposta della sala, alle fasi operative dei tecnici. L'adrenalina scorreva a fiumi.

Il ministero della difesa diede ordine di interdire lo spazio aereo e la Protezione Civile venne allertata per agire in caso di terremoto.

Era stato infatti ipotizzato che la ricomparsa della sfera avrebbe interferito con l'assetto geologico attuale, generando una scossa sismica di intensità imprevedibile.

L'antenna OLIMPO 3 stava per essere alimentata dell'energia necessaria per poter generare il campo di distorsione spazio-temporale.

I media, che per un periodo avevano allentato la tensione sugli eventi riguardanti la Piana del Drago – dirottandosi sulle polemiche politiche e sulla contrarietà dell'opinione pubblica – ripresero a installare camper dotati di enormi antenne paraboliche intorno all'area interessata.

"Prof. Brown, siamo pronti a immettere energia in OLIMPO. Aspettiamo un suo ordine." Disse il tecnico addetto ai generatori elettrici.

"Bene, i livelli sono ok?"

"Tutto sul verde, Dottore"

"Diamo il via al *countdown*."

"Ricevuto. Dieci, nove, otto… tre, due, uno. GO!"

Per qualche minuto sembrò non succedesse niente.

Come nel precedente esperimento l'unica cosa che si muoveva erano i riccioli di condensa che si erano formati sulle tubazioni di elio liquido che super-raffreddavano l'antenna.

Poi, dapprima lentamente e in seguito sempre più con evidenza, si notò un'increspatura nell'aria attorno alla punta di OLIMPO 3.

Una sfera di aria tremolante si allargò a vista d'occhio e, come in una finestra tridimensionale che si apriva su un nuovo panorama, il cratere cominciò a *riempirsi*.

CAPITOLO 15

Le telecamere intanto portavano a casa dei telespettatori di tutto il mondo il primo esperimento di viaggio nel tempo in diretta.

Dal momento in cui erano giunte informazioni alle *troupe* televisive che all'interno del centro di controllo era stato avviato il *countdown* per il rientro, si alzarono in volo almeno quattro droni dotati di telecamera - gli unici autorizzati, oltre ad altri due, appartenenti all'équipe di scienziati - per riprendere l'evento dall'alto.

Sul cratere dell'Anomalia prese a formarsi una specie di enorme bolla d'aria che sembrava più densa di quella circostante.

All'interno di essa stava diventando visibile un altro mondo,

una zona marrone più scura e disseminata di arbusti, nella quale un abile operatore zummò su quello che era a tutti gli effetti un *piccolo dinosauro piumato,* che si muoveva velocemente verso un punto vicino al perimetro dell'area.

In TV la cronaca di un famoso giornalista raggiunse livelli parossistici, nell'emozione di descrivere dal vivo gli straordinari eventi che si susseguivano sotto i suoi occhi quasi increduli.

Nelle cabine di regia i dirigenti stavano impazzendo per cercare di far inquadrare agli operatori più dettagli possibili dello scenario che man mano si rivelava.

Un regista, sondando velocemente l'area, grande come dieci campi da calcio, seguì la direzione che aveva preso il piccolo dinosauro. Questi sembrava a proprio agio nel suo mondo, ignaro dell'enorme balzo temporale che aveva vissuto e delle strane creature che lo stavano osservando da lontano.

L'animale, un *velociraptor*, stando alle immagini che aveva trovato al volo su un'enciclopedia online, stava puntando in direzione di tre uomini in abiti civili, vicini tra loro, che sembravano essersi immobilizzati in posizioni strane. Due sembravano sbilanciati o nell'atto di alzarsi, mentre il terzo, un uomo massiccio, era disteso a terra.

I tre personaggi erano trasparenti come fantasmi, ma più passavano i secondi, più l'immagine pareva acquistare concretezza. Attorno ad essi stavano apparendo dei container e delle apparecchiature simili a quelle che erano state allestite per lo sfortunato esperimento denominato BLACK BUBBLE, tra cui un'imponente antenna alta dieci metri.

Il fatto più curioso era che, mentre lo scenario attorno ai tre uomini diventava più reale, il contrario avveniva per l'altro mondo parallelo.

Apparve nel cielo poi una semisfera alta circa centocinquanta metri, in cui stava piovendo e alla base della quale il terreno era bagnato e fangoso; questa prese il posto gradualmente della landa semidesertica coperta di felci e del rettile in corsa, che divennero sempre più sbiaditi e lontani dal contesto moderno in cui si erano trovati per un piccolo lasso di tempo.

La bolla d'aria piena di pioggia si dissolse, lasciando cadere una leggera cascata proveniente dal nulla sui tre uomini, che ora cominciavano a muoversi in sintonia col tempo presente.

La vecchia antenna, ricomparendo nell'universo, andò a interferire con il sistema d'antenna OLIMPO 3, creando un fenomeno singolare: i materiali che costituivano le due strutture si fusero assieme, come a formare una strana scultura post-moderna. I cavi reticolari che avevano sostenuto nel vuoto l'antenna vennero a trovarsi a livello del terreno restituito alla realtà. Anche in questo caso si verificarono le peculiari "fusioni" tra il metallo dei cavi e il pietrisco della Piana.

La voce concitata dello speaker continuò a commentare i fatti in tempo reale, e in contemporanea si accavallarono pareri di veri e presunti esperti interpellati dai *network* per fornire spiegazioni agli ascoltatori.

Poi sopraggiunse un rombo improvviso: il terremoto.

CAPITOLO 16

La sfera si stava espandendo a una velocità formidabile, venendogli incontro. Non ce l'avrebbe mai fatta a fuggire.

Ma poi, perché fuggire? Non era quello, il mondo che aveva sempre sognato di esplorare? Se proprio avesse dovuto morire, preferiva farlo come l'amata moglie, nel pieno del lavoro che era anche la sua passione.

Zagaris, inzaccherato fin sopra le orecchie, non riuscì a tirarsi in piedi in tempo dal fango, e Kostis Dellas era troppo rapito dall'estasi per reagire.

Rissas sbatté le palpebre un paio di volte, un tempo brevissimo, ma sufficiente a stravolgere il mondo attorno a lui.

Dove un istante prima si trovava una piana desolata sotto un cielo plumbeo carico di pioggia, c'era ora una splendida giornata di sole e, tutt'intorno, una serie di edifici comparsi dal nulla e altre presenze insolite.

Poi udì un rombo spaventoso, come un'esplosione, e una forte scossa fece tremare il terreno facendogli perdere l'equilibrio.

Si rialzò spaventato, fece un giro su se stesso, mentre Zagaris si rialzava con aria smarrita e Dellas si guardava intorno sbigottito.

Da un lato c'erano enormi container bianchi accatastati l'uno sull'altro, sormontati da antenne paraboliche, cavi, pannelli fotovoltaici e generatori elettrici.

Dall'altro sorgeva una grande costruzione in muratura e vetro, dallo stile contemporaneamente moderno e tradizionale, probabilmente un edificio pubblico o un luogo di culto. A fianco, un altro palazzo con numerose terrazze arredate con sdraio e tavolini, evidentemente un albergo.

Nel mezzo, una cortina quasi ininterrotta di camper bianchi o grigi con scritte di società televisive e testate giornalistiche, ognuno sormontato da antenne per trasmissioni via satellite. Un esercito di persone equipaggiate con telecamere, fotocamere, video camere o addirittura smartphones, erano puntate sull'eterogeneo gruppetto.

A un centinaio di metri di distanza si ergeva davanti ai tre un'insolita costruzione metallica che sembrava una strana scultura astratta in acciaio fuso e attorcigliato, alta una decina di metri.

Il piccolo *velociraptor* che qualche attimo prima aveva intravisto tra i radi arbusti della Piana, era scomparso nel nulla come un fantasma.

"Ma che diavoleria è mai questa? Dove siamo?" Esclamò Zagaris sempre con la sua brutalità, come se fosse stato buttato in un incubo.

"Siamo ancora a Kopanaki, ma... c'è qualcosa di diverso. A parte il sole, intendo" aggiunse Dellas, con gli occhi spalancati.

"La domanda giusta da porsi non è *dove* siamo, ma semmai *quando*" concluse Rissas.

D'un tratto videro spuntare dalla folla un paio di persone, un uomo e una donna, che si avvicinavano cautamente.

Rissas ebbe un tuffo al cuore quando riconobbe la ragazza: era Lucia, ma... leggermente diversa.

"L-Lucia! Sei tu, cosa è successo?"

La ragazza, persa l'iniziale cautela prese a correre. La gioia illuminava il suo volto.

"Dottor Rissas, Dragan! Sei tornato sano e salvo!"

Gli saltò addosso buttandogli le braccia al collo e facendolo quasi cadere all'indietro per lo slancio.

Rissas fu contagiato dall'emozione e sentì gli occhi inumidirsi.

Giuse anche l'altro personaggio, un distinto signore dell'età approssimativa di sessantacinque anni. Portava eleganti mustacchi grigi e capelli impomatati, sotto un buffo cappellino biancoverde. I vestiti che indossava parevano aver passato momenti migliori; erano infatti stazzonati e macchiati di caffè.

Tornò a fissare in volto la ricercatrice italiana con aria interrogativa.

Lucia si ricompose, anche lei mostrava un aspetto trasandato e piccole rughe attorno agli occhi.

"Dragan… ehm, Dott. Rissas, questo è il Prof. Philip Brown, ordinario di fisica al MIT di Boston. Siamo orgogliosi di annunciarti che voi tre siete i primi uomini ad aver viaggiato nel tempo."

"Cosa?" dissero all'unisono Dellas e Zagaris, da dietro le spalle dell'archeologo.

Giunse anche una squadra di medici e assistenti, che cominciarono a verificare le condizioni di salute dei tre.

Intervenne Brown: "La singolarità generata dall'esperimento BLACK BUBBLE si è spostata da questo universo e si è… come dire… incastrata tra due *brane*, cioè dimensioni parallele alla nostra. Tra l'altro, mentre nel nostro universo il tempo scorreva normalmente, nella sfera dimensionale nella quale vi siete trovati il tempo è rimasto bloccato."

"Vuol dire che l'*adesso* in cui mi trovo è..."

"...siete nel futuro. Per l'esattezza siete avanzati di tre anni avanti nel tempo" concluse per lui Brown.

Dellas aveva ascoltato attentamente. Il volto si era illuminato come un sole. Pian piano stava cogliendo le straordinarie implicazioni dell'avventura che avevano vissuto. La sua mente viaggiava già per lidi lontani... molto lontani: vedeva astronavi lanciate verso mondi remoti con equipaggi isolati dallo scorrere del tempo grazie a mini-bolle simili a quelle generate dall'esperimento BLACK BUBBLE. Vedeva a portata di mano la fama e l'immortalità. Vedeva una capsula temporale di volontari spingersi fino a mille anni nel futuro per verificare quale sarebbe stato il destino dell'umanità...

"Ehi, c'è qualcuno che può riportarmi in ufficio?" Disse Zagaris, scrollandosi di dosso malamente un medico che gli stava puntando una penna luminosa nelle pupille. "Ma cosa è quello? Chi ha dato il permesso di fabbricare?" Si riferiva all'hotel che vedeva a distanza. Attorno, la folla curiosa lo guardava come un fenomeno da baraccone. Inoltre molte telecamere lo stavano filmando.

"Ma dove cavolo sono i miei assistenti?" Urlò al nulla gesticolando come un indemoniato.

"Quando li vedo, li licenzio entrambi. Non si abbandona il capo senza preavviso. Dove cavolo ho parcheggiato la macchina? Dove? Adesso vado in Comune e faccio saltare la testa a tutti. Tutti!"

E aggiunse, rivolgendosi agli studiosi: "Ho un conto in sospeso con voialtri cervelloni. Non mi interessa quello che è successo qui. Riportatemi immediatamente in municipio, accidenti!"

Gli scienziati dapprima si guardarono allibiti, poi si disegnò sui volti un sorriso, fino a scoppiare in uno scroscio di risate. Sotto lo sguardo ilare della folla radunatasi ai bordi dell'area interdetta, Zagaris non si accorse che due occhi neri lo osservavano in disparte vergognandosi mentre in giacca e stivali si allontanava. La povera moglie, lo avrebbe raggiunto più tardi andandolo a prendere col suo fuoristrada. Chi glielo avrebbe annunciato che non era più il sindaco di Kopanaky? E soprattutto, come avrebbe fatto a comunicargli che si era da un anno risposata con Sigalas, l'ex assistente di Zagaris che era stato suo amante per un breve periodo di tempo?

"Ehi, come vi permettete!" Urlò il sindaco, mentre cominciava ad avviarsi verso il museo.

"Ve la farò vedere io, maledette teste d'uovo. Non appena prenderò contatti con il ministero vi farò passare dei brutti quarti d'ora..."

Non appena si calmarono gli accessi di risa, tutto il gruppo si recò verso i container del centro ricerche asciugandosi gli occhi.

"Ma davvero pensa di essere ancora sindaco? Non ci posso credere." Disse Rissas, davanti a una birra gelata e a Lucia che ancora non gli aveva scollato gli occhi di dosso.

La ragazza, con sguardo adorante gli rispose:

"Ma cosa importa ormai?" gli aveva spiegato, lungo il percorso, di essere stata lei la promotrice di tutto l'apparato scientifico che aveva permesso all'impresa di riportare indietro i tre dalla *brana intermedia*.

"Per me l'importante è che tu sia ancora con noi. E ora... ehm, mi permetterai di darti almeno del tu?"

Ancora una volta, come qualche giorno prima, anzi, tre anni prima, Rissas si fermò a fissare negli occhi la ragazza, ora certamente più matura e consapevole.

Pensò a sua moglie Christiana. Sicuramente sarebbe stata orgogliosa di una donna tanto tenace come Lucia.

Erano rimasti solo loro due alla mensa del centro ricerche, gli altri erano andati a festeggiare nel nuovo albergo di Kopanaki, in attesa di essere visitati dai medici dell'ospedale di Atene.

Rissas si chinò verso il viso di Lucia; gli tremavano le mani, come a un liceale al primo appuntamento.

Lucia avvicinò il viso a quello di lui, potevano entrambi sentire il calore dei loro respiri.

"Lucia… scusami tanto."

"Per cosa?"

"Per averti fatto aspettare."

E si allacciarono in un bacio appassionato.

NOTA DEGLI AUTORI

Il libro è stato concepito partendo da un'idea di Giuseppe Bono, che circa dieci anni fa decise di scrivere un racconto basato sulle gesta del leggendario San Giorgio, il soldato che nell'iconografia più diffusa è raffigurato nell'atto di uccidere un drago.

Nato in Cappadocia e divenuto soldato nelle truppe di Diocleziano, Giorgio dimostrò in più occasioni il suo valore, al punto da essere scelto da Diocleziano come guardia del corpo. Essendo cristiano ed avendo rifiutato di fare sacrifici agli dei, fu ucciso come martire dietro ordine dello stesso imperatore.

Il mito del santo che sconfigge il drago nacque ai tempi delle crociate, probabilmente in seguito al ritrovamento di un'antica immagine dell'imperatore Costantino che schiacciava un enorme drago. La venerazione per il santo si collegò a questa immagine, creando così l'iconografia più conosciuta di San Giorgio.

La leggenda di Giorgio è ben conosciuta. In una città della Libia un drago malefico prese a opprimere i suoi abitanti che, per placare la sua fame, gli offrivano continuamente animali in sacrificio. Stanco degli animali, il drago chiese in offerta la figlia del re. La situazione venne risolta eroicamente da Giorgio trafiggendo il mostro e salvando la principessa, dopo aver chiesto in cambio che la popolazione e il re si convertissero al cristianesimo[2].

Essendo un mito in bilico tra leggenda e realtà, si confaceva ad un racconto di pura fantasia. L'ambientazione in terra greca è stata scelta per creare un collegamento con la realtà storica, descritta in documenti risalenti al IV secolo D.C.

L'ispirazione di Giuseppe consiste nel trasportare il mito ai giorni nostri, cercando allo stesso tempo di dargli una sorta di credibilità narrativa, approfondendo trama e caratterizzazione dei personaggi. Giunto però ad un punto della narrazione, nel quale erano richieste spiegazioni concrete per fatti di evidente origine mitologica, ecco venire in suo aiuto Marco Di Giaimo, già coautore di due

---

[2] https://it.wikipedia.org/wiki/San_Giorgio

romanzi scritti a quattro mani con Giuseppe. Esperto di fantascienza quanto può esserlo un lettore di libri sul tema da quasi trent'anni, pensò di dare al racconto quella che poteva essere la sua conclusione naturale, utilizzando una soluzione che nella letteratura fantastica era già stata sfruttata (un esempio è "Mastodonia", di Clifford Simak, ma anche "Un americano alla corte di Re Artù", di Mark Twain, oppure il recente "L'ultimo volo di Guynemer", di Enrico Di Stefano[3]).

Il paragrafo dove viene descritto il ritrovamento di scheletri di mammuth con incastrati "proiettili" di ferro descrive un fatto realmente avvenuto e descritto in un articolo del 2007 sul sito "Focus.it"[4].

Per quanto riguarda l'esperimento *Black Bubble* menzionato nel racconto, Marco ha adattato alle esigenze narrative un articolo del sito "Le Scienze.it" del 2012 che descriveva un esperimento per misurare le onde gravitazionali effettuato dall'Istituto Nazionale di

---

[3] Ed. Della Vigna, Arese (MI), 2012 - http://www.edizionidellavigna.it/collane/FER/008/FER008.htm

[4] http://www.focus.it/ambiente/animali/proiettili-di-ferro-e-nichel-nelle-zanne-dei-mammut

Fisica Nucleare a Legnaro (PD)[5].

Per tutto il resto: ogni riferimento a fatti e persone è puramente casuale.

MDG   GB

5

http://www.lescienze.it/lanci/2012/12/17/news/infn_nuov o_record_nella_corsa_verso_lo_spazio-tempo_quantistico-1424981/

RINGRAZIAMENTI

Gli autori ringraziano tutti coloro che hanno letto in anteprima il racconto e che in fase di stesura li hanno consigliati.

Si ringrazia in modo particolare Ferdinando Temporin, collezionista di Fantascienza e Fantastico e amico di Marco Di Giaimo, che ha steso il prologo e la "quarta di copertina".

INDICE

NOTE BIOGRAFICHE

Giuseppe Bono è nato a Orzinuovi (BS) nel 1969 e lavora in una ditta di rubinetteria di precisione a Soncino (CR). Accanito lettore di romanzi fantasy e d'avventura, è amico di Marco Di Giaimo dall'infanzia.

Marco Di Giaimo è nato a Brescia nel 1969. Ha lavorato come geometra libero professionista a Borgo San Giacomo (BS), paese in cui ha risieduto, fino al 2014. Successivamente si è trasferito a Mosca per lavoro presso un'azienda di *interior design*.
È appassionato di fantascienza.
E' amico di Giuseppe Bono dall'infanzia.

Marco Di Giaimo ha scritto altri racconti:
- "Una tranquilla giornata di lavoro" nell'antologia "Strani nuovi mondi" (Ed. Della Vigna, Arese (MI), 2010);
- "Il polpo Frank", nell'antologia

"365 racconti sulla fine del mondo"
(Ed. Delosbooks, Milano, 2012);
- "P-perché?", nell'antologia "Racconti bresciani" (Historica Edizioni, Cesena, 2015);
- "Specie dominante", racconto autopubblicato con altri autori nell'antologia "Ceneri del Fantastico" (Ed. Lulu, 2009);
- "Pista ciclabile" racconto autopubblicato con altri autori nell'antologia "Le vie del buio" (Ed. Lulu, 2009).

Altre opere degli autori scritte a "quattro mani":

- Aristocratici & Villani (Edizioni Il Filo, Roma, 2007) - presentato nel corso della VIII rassegna *A qualcuno piace... giallo* organizzata dalla Provincia di Brescia nell'aprile del 2008;
- Operazione Dead Horse (Ed. Della Vigna, Arese (MI), 2010).

Per visitare il blog degli autori:
www.aristocraticievillani.wordpress.com

Printed in Great Britain
by Amazon

28800729R00076